那些 幸福時光

法比歐
的日常品味
與探索

Fragments
de vie,
éclats de bonheur

FABIO GRANGEON
法比歐——著

我

我很喜歡探索。
探索不但能挖掘出熱情真正的所在，
探索也能找到自己喜歡的生活方式。

演員夢

我喜歡挑戰的過程，好奇和不同的演員會擦出什麼不一樣的火花，最後會展現什麼樣的結果，也學到了很多新的事物，並學習各種情感的表演。

（演出《斯卡羅》李仙得一角）

生活的日常

我們每天都會接觸到不同的物件，秩序感其實很重要，
請先仔細觀察你的空間，好好地安排這個秩序感，不要讓它顯得凌亂……
對的布置，就像城市規劃的道路線條，如流水一般有節奏，才會順暢。

美味之詩

每一次聚會都是我精心創造的回憶，
細心的擺盤與味蕾體驗都可以讓
來到法比歐私廚的人有著獨特饗宴感。
所以，廚房於我，
不只是烹飪空間，而是詩一般的空間。

自信

培養一種準備就緒的習慣，

讓你無論在什麼情況下，

都以謹慎和自信的態度展現自己。

幸福

我們都在追求幸福，但究竟什麼是幸福呢？它只是我們想像中的理想嗎？是一種沒有痛苦的狀態，還是一種完全自由的感覺？偉大的思想家們幾個世紀以來都在思考這個問題，雖然我們每個人對幸福的定義可能不同，許多人仍然在追尋幸福，卻不真正明白它的意義。

你可能會想，「我是不是拿起了一本哲學書？」別擔心——這並不是一本對哲學理論的深入探討。我沒有足夠的知識或經驗來提供那樣的內容。不過，我可以分享的是我相信生活中的快樂來自於那些日常的、微小的瞬間。

我把生活看作是一場冒險，而我們都是探險家——我們應該保持好奇心，適應環境，學習並享受這段旅程。在台灣生活了十三年，我現在已經把這個島嶼視為我的家。這裡的文化、居民和生活方式在無數方面塑造了我，並給了我一種幸福感。同時，我也努力與我的原生根源保持聯繫。

在我多年的海外生活中，我開始欣賞我的法國成長背景中的許多方面——這些價值觀對我產生了積極的影響，也成為我幸福的核心。

建立一個家園，分享愛，探索新的視野，並在每一刻中找到意義——這些都是推動我前進的力量。

我並非擁有所有答案，也不是來教導你什麼。但通過這本書中的故事和軼事，我希望提供新的視角，並激勵你以自己的方式去探索生活。

序／愛上日常生活

我很喜歡探索。

探索不但能挖掘出熱情真正的所在，探索也能找到自己喜愛的生活方式。

「法國人很懂得享受生活」是我在台灣常常聽到的說法。但我那些懂得享受生活的態度，除了來自父母的影響，還有我對世界的好奇心與各樣的探險故事，我堅持把事情做好的觀念，才讓我逐漸找到屬於自己的生活品味。

「為什麼要留在台灣？」是我在台灣最常被問到的。最初來台灣時感受到了「安全」。當時法國恐怖攻擊事件層出不窮，社會籠罩著一股強烈的不安全感，人們在街上甚至不敢和陌生人講話。

那時，有機會成為台灣的交換學生，在這裡發現了一個完全不同於法國，「不用怕」的世界。看到有人可以在餐廳隨手放手機、包包，甚至面對陌生人時，台灣人似乎都不怕被偷、被搶、被傷害。我知道，我來到了一個安全又自由的環境。

於是，我決定留下來。

留在台灣後，開始花很多時間了解台灣人，捕捉台灣的獨特之處。

但對台灣朋友的印象，其實有點矛盾。一開始，我認為他們生活得很慵懶，漸漸地發現在日常生活中，大家總是匆匆忙忙，沒有去好好享受與細膩地感受生活。有的人比較不敢嘗試新事物，習慣走熟悉的路、選擇人多的地方、找排隊打卡餐廳、去熱門的景點，往往忽略還有其他的選擇。這些有時令我困惑。

也許是害怕面對挑戰只能守著舒適圈，而勇敢冒險對不少人來說是很困難。面對新環境或新挑戰時，常常猶豫不決，傾向保持現狀。這可能成為阻礙你「創造個人特色」的機會。

我們來自不同的教育背景。我的父母不管環境如何，始終強調，人應該發展自己獨特的風格，不僅在衣著上、或是行為與觀念上不要單純地跟隨他人。人都應該走自己的路，擁有獨立的性格和個人興趣。

這本書不是為了給予唯一正確的「答案」，或單純教大家如何優雅地生活。而是透過我這個在台法國人的不斷嘗試和學習，找到一個令人愉快和享受的生活。

當然這也是一段自我探索的成長旅程，希望我的故事能為你帶來不一樣的人生視角。

更希望讀完這本書的你，可以愛上自己的日常生活。

目錄

Ⅱ 法國以外的世界

Ⅲ 一起過「法式生活」

CHAPITRE —— I

奇幻 童年

Une enfance pas comme les autres

我的人生養分

他經常讓生活日常變得不日常，
他追求把事情做到最好的價值觀，也影響著我。

日常變得不日常

爸爸是一個特別的人。

他活力十足，他的人生就像一部引人入勝的冒險小說，充滿令人意想不到的轉折和驚喜。不受羈絆，喜歡在世界探險，做著一些不同尋常的工作。他總是能找到賺錢的方法，享受奢華的生活。他喜歡冒險，但也喜歡賭博，從不在乎金錢的來去。對他來說，只有那種瀰漫著不確定性和未知結果的生活才值得一搏。

爸爸非常帥氣，彷彿法國明星亞蘭．德倫的複製品。他很年輕的時候就有了孩子，但他的心一直不在家。四十五歲那年，已經離婚的他和媽媽相戀，媽媽被他刺激的生活與新奇的追求深深吸引，於是兩人一起經歷了許多不可思議的事。媽媽總是說，和爸爸在一起，每天都像在讀一篇充滿了無法想像的新故事，又驚又喜。

戲劇性的邂逅發生在餐廳，她和外婆正在吃飯，外貌像巨星亞蘭．德倫的爸爸大膽又禮貌地過來跟她搭訕，他那雙深邃的藍眼睛在黑髮襯托下更迷人，媽媽立刻就被吸引住！爸爸的熱烈追求不太可能有女人能抵擋，有一次他故意跟媽媽借車，把車開回來時，全車裡面塞滿了玫瑰花！

我也被爸爸那浪漫至極的性格和行為感染。他經常讓生活日常變得不日常，他追求把事情做到最好的價值觀，也影響著我。

彼此深愛，彼此折磨

在別人眼中，我的爸媽或許都很另類。他們的愛情濃烈到像在演電影。白天看他們二人親親抱抱，隨時把「我愛你」掛在嘴邊，晚上卻大打出手。可能是爸爸喝酒喝多了，媽媽多念幾句；也可能是因為錢，媽媽很努力存錢，爸爸卻愛亂花錢，完全不管實際收支狀況。奇妙的是第二天兩人又和好如初，甜蜜地手挽著手。我從小性情內斂、觀察敏銳，從父母所有的舉動和吵架的片段字眼，以及他們不同的價值觀，了解到所有的需求必須靠自己的能力賺取，不能期望別人給予。

即使經常吵架，他們卻是一對很特別的伴侶。他們都熱愛冒險和旅行，彼此深愛卻又彼此折磨。雖然因為價值觀或生活方式不同產生不少爭執和摩擦，但這不代表他們之間沒有愛。

爸爸的口才很好，善於甜言蜜語。當時他們住在加勒比地區，爸爸因賭博而把媽媽的錢都輸光了，害得媽媽常生氣地想回到法國。為了求她不要離開，爸爸在一家高級餐廳訂了龍蝦、香檳等昂貴大餐。當時的他並沒有多餘的錢，但他卻在結帳前，向餐廳老闆稱自己是保全公司老闆，並承諾可以幫助餐廳安裝監視系統防盜。餐廳老闆不疑有他，高興地接受了，並免費提供這頓大餐。

實際上，一間在海邊的露天餐廳根本不需要什麼監視系統，因為沒有門窗的保護，裝保全也沒多大作用。然而，他機靈地編織一套說法，竟讓餐廳老闆迷迷糊糊地信以為真，而媽媽只能做出一個「又來了」的表情。

叛逆不受控的男人背後

對爸媽來說，現實瑣事不是最重要的問題，生活品質、創意、美感永遠優先。雖然兩人的個性和觀念差異很大，但這一點倒是很有默契。尤其爸爸更是從來就隨興地生活，熱愛冒險，行動力十足。他從小顯露對藝術的興趣，喜歡畫畫、讀書、寫作。自認個性就是漂泊的浪子型，不願受限於既定的框架，從年輕時就喜歡旅行，到各處體驗不一樣的人生，言談舉止表現出累積了豐富歷練的成熟氣質。回法國後，曾經在亞維農開餐館。他個性海派，結交甚廣，包括知名男演員丹尼爾．奧圖（Daniel Au-teuil）、吉普賽國王合唱團（Gipsy Kings）都是他的好友。

不過爸爸陽光外放的背後，其實有個孤單的童年。祖母單獨帶大他，送他上寄宿學校，讓他接受私校系統嚴格的管教。而他心中最大的遺憾就是一輩子不知道祖父的背景，但是祖母堅持不透露。有時祖母的男性友人來拜訪，爸爸會猜想是否這人就是他的父親，否則為何對他特別好？爸爸一頭黑髮，有時又懷疑祖父是德國人……從小過分受束縛、沒有父親可當榜樣的男孩，可能因此漸漸變成一個叛逆不受控制的男人。

我也想去看看未知的世界

爸爸自由奔放，喜歡交朋友，朋友來自三教九流。當我們住在加勒比地區時，也結識了很多藝人和富商，他們喜歡到加勒比度假。因此，從小我就有很多機會與大人和有錢人相處，這也讓我見識到許多背景與生活方式不同的人，也有不少是藝術家、音樂家等等，每個人都有獨特的故事和觀點。雖然還很小，但他們對我非常友善和關愛，會和我分享他們的經驗和知識，讓我從中學習。這樣的環境不僅豐富了我的童年、開闊我的眼界，並且讓我學會與各種類型的人相處，啟發我建立關係的能力。

雖然爸爸的生命經歷錯綜複雜，但他對冒險的熱愛和自由的追求，也激發我對未知世界的渴望。從小我就對家以外的世界充滿好奇，也想到世界去看看。

爸爸的人生故事是我成長的養分，那些養分也塑造出現在的我。

帥氣的爸爸，彷彿法國明星
亞蘭・德倫的複製品。

我的冒險基因

對於小小年紀的我來說都像一個個新世界，
他們把全世界的風光描述得活靈活現，
一幅幅圖畫鮮活地展現在我腦中，
彷彿我也走遍了全世界，見識到很多奇妙的事物。

奇幻童年時光

加勒比真的是個處處美景、自由自在的天堂，十二歲以前我跟著爸媽在大大小小不同的島嶼上遊居，養成很多奇妙的成長經驗。有同學的爸爸當潛水教練，會帶我一起和觀光客出海，記得一次行程中安排開船到海灣一個洞穴，去看成群蝙蝠狂亂朝四面八方飛的壯觀景象，我幫忙拿手電筒照射洞穴壁高處黑漆漆的地方，讓觀光客邊看蝙蝠邊大呼小叫。還有一次遇見好多可愛的海豚跟著船行進，我跳下去和海豚一起徜徉在藍藍的大海中，牠們是那麼地親人，顯露出很樂意陪伴我的樣子，那是小時候最閃亮的回憶之一。

我會如此熱中旅行，除了因為從小在加勒比各島嶼玩耍，最主要的應該是十幾歲時，我常跟爸爸晚上去酒吧，有時甚至在那裡睡覺，酒吧裡很多船員會跟我講他們的經歷，就是我獨一無二的床邊故事。每個船員講起不同的國家，對於小小年紀的我來說都像一個個新世界，他們把全世界的風光描述得活靈活現，一幅幅圖畫鮮活地展現在我腦中，彷彿我也走遍了全世界，見識到很多奇妙的事物。那些船員的故事不但豐富了我的童年，也培養我的想像力和創造力，讓我的內心世界變得更加寬廣，對於出國旅遊冒險更充滿嚮往。

我相信大家很難想像這樣的童年，而最主要絕對是因為有這樣奇特的爸爸！他的人生彷彿一部部電影，爸爸始終盡興地在其中扮演各種角色。大約一百七十公分的他個子雖不算高，但從不以此自卑，因為深知自己的優點：臉蛋英俊、打扮體面、口才絕佳、海派熱情，如此有魅力的他到了加勒比更是如魚得水，有時在酒吧聊聊天，就邀陌生人回家吃飯。

飛到海面上的紙鈔

跟著爸爸真的天天都過得好精采，有時他會帶我陪同大明星大老闆朋友一起乘坐遊艇出海，去私人小島舉辦派對。在遊艇上就開始用水晶杯喝香檳，配上魚子醬當小點。到島上用餐時，更是擺出最高檔的餐具盛放著龍蝦、鵝肝等美食。有時候鬧開了玩瘋了，什麼都不在乎。記得某家知名餐廳的老闆有回酒喝多了，兩側口袋鼓鼓的鈔票隨著他的搖曳全散出來，正巧一個浪打過來，只見紙鈔都飛到海面上，大家笑彎腰，繼續又跳又鬧，沒有一個人去撈撿。設有賭場的聖馬丁島更誇張，有錢人來這裡盡興地飲酒作樂，出手闊綽，極盡豪奢之能事。在我小小的心裡即使不能理解，但跟著他們學社交禮儀、嘗遍各種精緻餐飲，以及滿眼輝煌燈光的氣氛、各種華麗表演和遊戲……點點滴滴印記在腦海，讓我體驗到奢華名流的氣味。

除了這種上流社會的生活樣貌，我也有機會感受另一個極端的世界。島上每個同學的家境大不相同，我會去住在偏僻地方的同學家玩，晚餐時大家開心地聊天，吃著樸素但可口的家庭料理，人情味濃厚，那是一種輕鬆自在又別有一番幸福溫馨的感受，而滿屋的歡樂氣氛完全不輸派對上的富豪聚會啊！

後來我才漸漸明白，不管在哪裡都有很大的貧富差距，但感情才是真實的，千萬不要被紙醉金迷眩惑了人生目標，但也不要被金錢限制了想像力，否則永遠無法滿足。快樂無法用金錢買到，而簡單的樂趣有時更勝浮誇，全看你怎麼過日子。

充滿痛苦，也充滿愛

我的爸爸媽媽無論距離的遠近，
總是在乎我的需要，以他們愛的方式支持我。
他們讓我感受到，我不會一個人孤單。
因為他們愛的陪伴，我才有辦法走出黑暗，慢慢找到自己的方向。

童年對大多數人來說是甜美和無憂的，但我的童年，特別是我的十一歲，卻經歷了一段痛苦與掙扎的階段。

法國的教育風格是比較自由和包容的，也非常重視孩子的身心成長，希望儘早培養出孩子獨立思考與個人發展的能力。

我的爸爸媽媽正如一般的法國父母，他們也會透過具體的行動，陪我面對痛苦、焦慮和沮喪，也會用他們深深的情感與厚實的關懷，成為我的依靠，幫助我走出心靈的困境。

十一歲那年，我迎來前所未有的痛苦。爸爸媽媽因為個性差異等因素分手，對我來說是一次沉重的打擊。那種無形的壓力與失望像一座大山，壓得我喘不過氣。我變得沉默寡言，內心的情緒像烈火般燃燒，卻不知道如何釋放。這些不僅僅是心理上的折磨，甚至影響我的身體健康。

那些看不見的壓力如同一個繃緊的彈簧，當我無法再承受時，激烈的情緒便會大爆發。有時我會半夜醒來，痛苦地哭泣；有時我會感到頭痛、胃痛，痛到無法說話，甚至還發生過幾次夢遊。

我盡量將痛苦都藏在心底，獨自忍受。但是常常痛得無法吞忍，導致有時候連續好幾天，會不斷地發出呻吟。那段時間，我每週都需要醫生注射藥物，才能緩解痛楚。

媽媽心疼我的身心狀態，一直想辦法要帶我離開城市，讓我在大自然中找到療癒方法。但因為家裡沒有多餘的錢，無法進行昂貴的治療，媽媽就用盡心思積極尋找各種讓我減壓的活動，希望我可以重新找回快樂。很幸運地，她發現一個由法國政府福利機構主辦，每年的冬季與夏季都會補助低收入家庭的孩子們，參加滑雪、騎馬和露營等活動的機會，媽媽便持續幾年都為我報名參與那些戶外活動，她希望這些活動與運動，可以讓我早日遠離內心的陰影。

療癒的陪伴

我還記得，那時爸爸雖然住在遙遠的加勒比，但他也非常擔心我的身心健康狀態。即使我們生活在不同的地方，他仍然很努力地用「隔空」照顧法來關心我。

那是每天下午的六點十五分，我和爸爸固定的分享時間。無論是晴天雨天，爸爸都會準時來電，問我學校的情況或和我聊聊他發生的趣事，這些對話總是令我舒坦和安心。因此，每天下午的六點十五分，成為我最期待的時間。

就算沒有聊什麼重要的事情，只是聊聊日常的瑣碎或在學校的芝麻小事，但那條電話線，能讓我們更了解彼此生活中的喜怒哀樂，也讓我感受到爸爸溫暖的陪伴。

在手機及網路不那麼普及的年代，我每天放學之後，都會走到同一個電話亭，等待爸爸的準時來電。

我的爸爸媽媽無論距離的遠近，總是在乎我的需要，以他們愛的方式支持我。他們讓我感受到，我不會一個人孤單。因為他們愛的陪伴，我才有辦法走出黑暗，慢慢找到自己的方向。

十一歲的童年時光，對我來說，充滿痛苦，也充滿了愛。

不可思議的禮物

我的母親始終不顧常規，選擇以自己的方式生活。她也常提醒我，不需要遵守別人的期望與標準，我們應該真實地生活，擁抱真實的自己。

教我擁抱真實的自己

我的出生，對媽媽來說，是很不可思議的事。

當時三十歲出頭的她，先是面臨丈夫在一場車禍中去世，當時的房子、汽車、餐廳都有貸款，只好在未買任何保險的經濟困難下，把兩個女兒的監護權讓給了我的祖父母，之後花了很長的時間，試圖從那場噩夢走出來。但沒想到兩年後，又遇到她的哥哥出車禍，在醫院昏迷了好幾個月。媽媽在六神無主之下，跑去找一位通靈的女士，沒想到那位女士竟然說她還會生下一個孩子，她聽了簡直不敢相信。

沒想到，在醫院探訪她哥哥後的一個晚上，媽媽在一家餐廳吃飯，遇見在那裡工作的爸爸，一下子就被那雙藍眼睛迷住了。兩人很快地陷入熱戀，交往五、六年後，才生下了我。

我的出生像是媽媽的禮物，她的人生因為我的加入，有了新的啟程。年輕時的她似乎不了解如何當一名母親，但三十九歲的她，有了不少生命歷練，讓她進階成為更有想法的母親，我的各種價值觀、生活方式都深受她的影響，我們的情感依賴也很深。

過去的十年，只要她來台灣，我們都是形影不離的。我會帶她去夜店、去旅行、一起上健身房運動、參加朋友的生日派對……被年輕人包圍似乎為她的精神注入了新的活力。在法國，社會通常會期望或要求女人過了五十歲，就應該優雅地接受傳統長輩的角色，不要再展現性感和吸引力。然而，我的母親始終不顧常規，選擇以自己的方式生活。她也常提醒我，不需要遵守別人的期望與標準，我們應該更真實地生活，擁抱真實的自己。

和媽媽的界線與溝通

但現在，已經七十四歲的媽媽，開始不能接受年華老去的事實，曾經美麗的臉有了不少的皺紋，讓她很感傷。我帶她去醫美診所諮詢，但因為她很熱愛戶外活動，愛走路、到海邊曬太陽，所以醫美的治療相當有限。我常跟她說：「那不是生理的問題，而是心理的問題，青春無法留住，這就是人生，你要接受。但你還很健康，可以去全世界旅遊，做很多想做的事。」

也許是邁向老年的孤單，讓她的個性漸漸變得難以相處，固執、不願配合別人、不想參加任何團體。加上她平常要照顧得了阿茲海默症的外婆，壓力很大，所以變得很憂鬱，也更加依賴我。在她眼中，我還是那個需要她照顧的小男孩，她也習慣把我和她交往的對象比較，她覺得兒子是最完美的，是其他男人無法取代的。我曾經直接跟媽媽說：「我有自己的家庭、人生，沒辦法一直陪你，你要找到自己的熱情，說不定會遇到同好可以一起作伴。」媽媽的回應卻讓我很無奈：「寶貝，我的熱情就是你。」

她總是很懷念往日的快樂時光。但我已經意識到不能以母親為生活的中心，必須找到平衡點和優先順序。但我珍惜她堅定不移的愛，因為有她的細心照顧才有今天的我。

最近看到一句話：「我們和人相處，不宜有過多的同理心，而是界線要夠清楚。」我當然很明白媽媽的失落感，但她必須學習好好地過生活，就像有些人說不想單身，但是除了上班就是在家看電視，怎麼可能有新朋友、新戀情？

界線清楚不是冷漠疏遠，就像我老婆跟她的父親的關係，似乎有著無法跨越的距離，那是因為從小她就很少見到當船員的父親，長大之後，從來不說我愛你，也沒有很親密的聯繫。我很希望她能像我一樣感受到父母的愛，就建議她可以主動傳簡訊問候，習慣之後就可以嘗試通電話，也可以固定約吃飯。我記得有一次聚會後要說再見時，我要她主動抱她爸爸一下，他們真的是有點尷尬地擁抱了……

關係是可以靠我們的主動表達與溝通來修補的，只要我們願意。

現在我的岳父每個禮拜都來跟我們一起吃飯，也會從基隆帶各種新鮮的蔬菜給我們，這就是他愛的語言！

我的出生像是媽媽的禮物，
她的人生因為我的加入，有了新的啟程。

我的美感風格

她帶著我一起去發現美，
從最簡單的事物中也能找到樂趣和價值。

獨特的法國女人

我的一切，包括風格品味、生活價值觀都有媽媽的影子。我的人生旅程中，她就像最可靠的指南針。

在我眼中，她是很獨特的法國女人。有種集自信、優雅、時尚和神祕的特質於一身的特殊魅力。

她擁有獨樹一格的智慧與勇氣，紛擾中鎮靜，逆境中堅持，無論處境如何，她總是昂頭挺胸，舉止優雅。

媽媽的人生中充滿起伏。她是個標準的美女，外貌很明顯遺傳自外婆，外婆年輕時曾參選過法國小姐，後來從事模特兒工作。自我有記憶以來，外婆雖已年紀不輕，但是依然保持優雅美麗。媽媽很年輕時就結婚生子，丈夫經營兩家餐廳，家裡有五匹馬和跑車，但也背負了不少貸款。媽媽在丈夫忽然意外身故，才發現手邊沒什麼存款。面對沉重的餐廳經營，她一個人應付不來，於是收掉了餐廳。她那時三十多歲左右，還帶著十六歲和五歲的兩個女兒。

現實劇變沒有打垮媽媽，即使一無所有，她仍堅強面對，始終維持自己的格調和熱情。此外她的品味也沒有因為困境而減損。媽媽讓我明白，人生真正的幸福與價值不是由物質所決定的，畢竟她過去曾擁有的那些，一瞬間可以化為烏有。

她深信，精緻是從行為中流露的自然美感和價值觀。這讓媽媽的日常充滿了法式的優雅風情。

她帶我一起發現美

她擅長在微小之處發現樂趣，將細節賦予美感。在法國可以去花園收集到各種花，所以家裡隨處可見的鮮花不必用買的，而且經過媽媽的巧手能變出比花店更美的花束，還能在各類場合當禮物。她總是興匆匆地展示她的插花作品，只要沉浸在滿屋的花香中，就能開心一整天。雖然家裡經濟條件有限，卻沒有削弱她追求品味的決心。總是巧妙地利用現有資源，挑選上好的食材料理美味餐點；精心選擇兼具設計感與實用性的家具和裝飾品；以對大自然深深的敬意，用心照料著各式植物。

透過她的身教讓我領悟優質生活的樂趣和價值，並期許無論身在何處，我都能展現出優雅與風度。有她的引領，我不僅學到尊重與禮儀，也體會到真正的價值所在。

她的烹飪手藝也很好，而且很好客，樂於和大家分享，小時候我會跟媽媽做一種像披薩的麵糊，做好一定會裝飾擺盤，色香味俱全，不輸給餐廳的美味。有次她生日，還把家裡弄成阿拉伯風格，並做北非料理招待賓客。

法國有句諺語「狗不會生出貓」，意思就像「龍生龍、鳳生鳳，老鼠生的兒子會打洞」。印象中，大概五歲就開始看到媽媽的手作和各類細節搭配，各種美感從小養成。

她總能利用不同的環境與時機培養我的生活態度：優雅品味。高級餐廳太貴吃不起，她就帶我去野餐，海灘成為露天餐廳，讓我們盡情享受大自然的美。即便只是吃個簡單的三明治和沙拉，再小的環節她都悉心準備，好比說美麗的野餐籃、漂亮的野餐墊，讓野餐變得特別。她帶著我一起去發現美，從最簡單的事物中也能找到樂趣和價值。例如每次搬家後，媽媽都會準備餐桌，點著蠟燭，營造一個溫暖的環境，讓全家可以好好用餐，彼此交流。

我們偶爾會到五星級飯店，那裡的奢華氛圍僅僅花一杯飲料費用就讓人有機會沉浸，不必付出高額的費用，便能讓我有機會享受頂級飯店的精緻布置。媽媽的智慧教育，讓我認識到培養優雅的品味並不是要有多昂貴的花費，而是在於你願意投入的用心與巧思。

無限的愛與支持

在媽媽的關心和指導下，我學到寶貴的習慣，這些習慣讓我懂得如何找到內心的平衡、自我認知和自我關愛。

內向害羞的孩子如我，渴望安靜和獨處的時間。家中的緊張和父母的爭吵卻經常讓我感到不安。媽媽的哭泣，有時甚至會引來警察，我只能逃到自己的小房間裡。在媽媽精心為我打造的空間中，建立自己獨有的小天地。這也是讓我得到休息、隔絕和寧靜的地方。在這個小空間裡，我學到了如何「和自己獨處」、如何愛自己，以及如何從孤獨中找到與人分享的能量。

獨處成為我減輕壓力、平衡身心的習慣。它讓我有機會思考，了解自己的想法和行為，提高我的創造力和想像力，培養我的獨立性和成熟度。直到現在，我每天仍然需要獨處的時間。這不僅是一個習慣，也是有益於我與自己和諧相處的生活哲學。

媽媽總是強調獨立與自由的重要性，她教導我要相信自己的能力，堅持追求夢想，並深入挖掘自己的熱情所在；讓我學會在各種環境狀況下保持堅定，並勇敢地朝向目標邁進。現今我有一點點成就，都是因為媽媽細心的教導、無限的愛與支持！

CHAPITRE —— II

法國以外的世界

Vivre ailleurs, grandir autrement

獨立的開始

我並不在乎是不是低階的勞力工作，
只想用認真的態度獲得工作機會，早點有養活自己的能力。

要玩樂也要努力工作

也許是因為家裡的經濟狀況，我很小便有了金錢意識，再加上受爸爸的影響，無法忍受無聊的他，除了玩樂也很努力工作，從經理到服務生，從餐廳到鞋店，每天忙碌賺錢及享受。所以從八歲開始，住在加勒比的時期，我便有了不少的打工經驗——站在收銀台邊幫客人將商品裝進購物袋，賺取小費；長大一點時去海港，找洗船一類的零工；甚至去爸爸工作的餐廳，用磁鐵和線從木地板縫隙把客人掉落的零錢勾出來……想方法賺錢去買想要的滑板、玩具，從不向爸媽伸手要零用錢，因為我了解所有的需求必須靠自己的能力賺取，希望可以早一天獨立，不再依賴父母的經濟資助。

青少年時期我更是常常打工，因此有機會接觸到許多不同類型的工作，我並不在乎是不是低階的勞力工作，只想用認真的態度獲得工作機會，早點有養活自己的能力。

爸爸一直告訴我，如果在不同地方工作就可以擴大視野，並結交不同領域的朋友、不同的人群和文化，也可以成為新的生活體驗。他說賺錢其實不難，因為機會無處不在。他也常常去旅行，因為旅行，他才會結交到許多不同的朋友。

如今，我離開法國成為在台藝人，行業的收入波動比較大，因此就算沒有幕前工作，我也會嘗試其他的工作機會，譬如當幕後工作人員，拍片、剪接，企劃各種主題活動等等。我喜歡活得有目標，有夢想。

勇敢探索冒險

有些人習慣過著日復一日的麻木生活，漸漸失去熱情，有些人厭倦自己的外貌和交友狀態，想想，如果有了這樣的感受，應該先好好地思考，問自己工作與生活的目標是什麼？也要好好地誠實面對自己，試著與真實的自己對話，這樣才有機會脫離低潮的人生。

媽媽常說：「錢是不會從天上掉下來的。」金錢是透過辛勤工作和付出才能獲得。不過我也嚮往花錢買體驗，譬如旅行，吃健康的食物，對我來說，花對錢比只是成為有錢人更具吸引力。金錢是讓我體驗生活的工具，幫助我創造更多的可能性，並更有能力去探索這個世界。

我的父母給我最多的不是金錢，他們從不要求我努力追求成功，而是用對話與分析事件的利弊後，由我自己來判斷與選擇；也讓我明白，如何獨立思考與養出自給自足的能力，比考試滿分還重要。

想想我有勇氣到台灣發展，就是因為早早獨立的性格與各種經驗影響，當然童年時期接觸的多樣生活，也讓我可以勇敢地離開那片大海，朝向更廣闊的世界展開探索和冒險。

交換學生，交換世界觀

不同的海外自學選擇，讓我成為大膽冒險與勇敢的人，也是我在面對未來挑戰時，不可或缺的兩個元素。

好好學英語

我想去世界看看，想離開居住的小鎮，我嚮往法國以外的世界。高中畢業之後這個渴望變得更加明確。

法國高中的交換學生機制，讓我有機會訪問歐洲各國的學校。譬如我曾到挪威的高中當短期的交換學生。也曾利用暑假去英國、蘇格蘭或威爾士參加夏令營活動，強化我的英語程度。參加這些國際活動，不僅為我提供學習英文的機會，也慢慢塑造出我的世界觀。

十六歲時，爸爸常常希望我可以好好學英語，他覺得英語對經濟獨立很有幫助。他常說，想要工作賺錢，就必須學好英語。

他說與其只是按照時間表讀完大學，不如有機會就去其他國家旅行學英文，他一直鼓勵我去追求自己的夢想。

但在我十七歲那年，爸爸再度被診斷出癌症。

這個消息讓我一度想放棄學業，去工作賺錢，但後來至少要有大學學歷這個聲音說服了我，讓我繼續留在校園。不過，我仍在十九歲這一年，決定去其他國家學習英文與旅行，最後為了爸爸，我選擇較近的英國倫敦。

許多法國人住在倫敦，所以我們常將倫敦稱為「法國的第二個城市」。我想，就算在倫敦遇到困難，找到援助的機會應該會比較大吧。

倫敦一年

我在倫敦生活了一年，也順利地找到工作。記得剛開始，我先在市中心的幾家餐廳洗碗賺錢。後來是透過一家派遣公司，使我有機會去五星級飯店，在私人派對中擔任VIP的服務人員。

沒想到我積極認真的工作態度，讓一家知名咖啡館的經理注意到，她決定邀請我去咖啡館工作。那是一家名為Daylesford Organic的咖啡館，由一位富有的商業女性所創立。這家咖啡館使用農場種植的有機食材，在咖啡館提供的下午茶和午餐時段，常常會有許多倫敦名人、模特兒和演員光顧。而我也在那段工作時光中，英文能力突飛猛進。

在倫敦度過的一年，我不僅實現了旅行的夢想，也提升不少英語能力。有了倫敦這個海外經驗，我在大三那年，選擇到台灣當交換學生。

這些不同的海外自學選擇，讓我成為大膽冒險與勇敢的人，也是我在面對未來挑戰時，不可或缺的兩個元素。

從法國到英國，再到台灣，也讓我更加確信：只要有勇氣與不放棄的自學力，那些不斷成長與追求夢想的能力，一定可以陪伴你到世界的天涯海角。

倫敦生存計畫

倫敦是我成長的轉捩點。
不同餐廳的打工經驗，認識來自世界各地的朋友，
不斷練習英文，會話有了很大的進步，倫敦確實拓展了我人生的視野。

八萬台幣闖倫敦

許多人害怕走出舒適圈，但放手去冒險，探索世界是給自己最好的投資。

不管幾歲，如果有機會離開家鄉，到異國居遊，便可以透

過不同的文化鏡頭，看見不同的世界風景。

學生時代的我，便開始參加交換學生的計畫，常和來自不同背景的朋友玩在一起，提前學會了適應陌生環境的能力，而這些經驗也塑造出我獨立的性格，更幫助我未來的工作。

開始面對工作規劃時，我了解自己並不符合法國企業重視個人學經歷的標準。曾在美國住的爸爸總是說，美國更在乎你勝任工作的能力、工作準時完成、工作努力與否，只要有這些條件，找到一份薪水令人滿意的工作並不困難。所以，我早早就預備去法國以外的地方工作。

二十歲那一年，我決定一個人前往倫敦展開學習與探索，以儲備自己未來的國際競爭力。

那時只帶了八萬台幣去倫敦，錢雖然不多，但已經是我最高的預算了。所以我想盡量節省，不輕易花這筆錢。一到了倫敦，我先暫居在青年旅館，立刻開始找工作。

倫敦是一個花費驚人的城市，必須盡快找到工作，才可搬到一個交通便利也符合我預算的地方。後來找到一間有四個套房的公寓，提供包括我及其他十一名年輕人居住，形式很像青年旅館。在四個房間中，有人選擇一個人住，有的三個人住一間，我則選擇住在小小雙人房，裡面只有簡單的收納小衣櫃，但已經讓人很滿足。

當時一個月租金是台幣兩萬元左右，為了維持基本開銷，找到養活自己的工作是很急迫的事。

居遊目標要清楚明確

在出國以前，我就設定了一個生存計畫。

先在餐廳工作，因為餐廳工作時間固定，每天早上九點上班，晚上十點就可以有自己的時間。另外，餐廳通常會將當天沒有賣出的食物分給員工，這樣也可以省下不少伙食費。收入至少要達到四萬台幣，這樣扣除兩萬的房租，必要開銷約一萬之後，我就可以維持基本生活了。

我到倫敦的目標並不是為了賺基本收入，我想提高自己的英語能力，體驗異地生活，認識不同的世界。所以我總樂觀地相信，這個世界，總會有一個職缺在等著我吧。

一開始，我先在一家小餐廳當洗碗工，時薪約八英鎊。那時，英鎊對台幣的匯率大約是一：六十，而現在是一：四十幾。不過當地的物價相當驚人，光是食物的價格與我洗碗的收入相比，就會讓我忍不住跟人開玩笑地說，如果我真的想吃牛肉，可能只好用偷的了。

因為我的居遊目標清晰明確，所以心情相對放鬆，並不會困在高物價中。我非常節省，絕不買不必要的衣物，也沒有什麼夜生活，甚至沒有太多餐廳外食的經驗。也是媽媽來倫敦過聖誕節，我才有第一次去倫敦餐館外食的機會。

由於吃緊的預算，我並沒有去報名語言學校的英文課。打工時間就是我的英文課時間。我積極地利用各種可能的機會訓練英語，就算和法國朋友在一起，也盡量使用英文溝通。我的認真學習，帶來倫敦諾丁丘（Notting Hill）區的工作機會。在那裡，我結識到世界各國的朋友，包括西班牙人、台灣人和日本人等等。除了吃到不少美食，英文也有了大幅的進步，收入相當不錯，真是很好的回憶。

成長的轉捩點

不同於在倫敦的自在，在巴黎時，我常感受到人們比較注重外貌和社會地位。即使只是去咖啡館，也要考慮一下該穿什麼，才符合巴黎人的時尚感。

巴黎的氛圍有時會令人興奮，但對不想多費心思打扮的人來說，確實會有壓迫感。即便擁有高學歷和好的職業，如果你的時尚感未達標，仍有可能受到排擠。這種來自外貌的價值觀，有時會讓我不太舒服。

而倫敦的多樣性反而讓我心情放鬆，這裡注重人的個體性和自主性，人人都有機會找到屬於自己的生存方式。好比說，穿搭優雅和搖滾風格也能互相尊重共處。這裡有不少街頭藝術和多元的自由市場，這些不一樣的風格，也更精采地展現倫敦的多重樣貌。另外，歐洲的某些國家，種族歧視的問題仍然存在，倫敦似乎比較可以包容不同種族的存在。

倫敦是我成長的轉捩點。不同餐廳的打工經驗，認識來自世界各地的朋友，不斷練習英文，會話有了很大的進步，倫敦確實拓展了我人生的視野。

我覺得巴黎和倫敦都有吸引人的部分，但倫敦提供更開放的環境、多元的包容力，讓你找到所謂的自由和打破框架的價值觀。

倫敦一年的居遊經驗，讓我明白，自由源於內心真正的自在，是內在束縛的解放。

自我認同的價值來自於自我的接納和喜愛。學會真實地做自己，接受自己，不再害怕與人不同，也不再為此困擾。

無論你來自哪裡，都能找到屬於你的位置。

在倫敦那一年，是我為自己做的最對的決定，也是我開始探索世界的起點。

倫敦是我成長的轉捩點。不同餐廳的打工經驗，認識來自世界各地的朋友，不斷練習英文，會話有了很大的進步，倫敦確實拓展了我人生的視野。

人生的比賽中，找到自己的位置

人都會先挑自己的缺點，其實不必因此受限，人生也像是比賽，不一定都要競爭、贏過別人，但可以找到自己的位置。

比賽開始，我沒有逃跑

十七歲的時候，有一位偶然認識的攝影師朋友建議我往模特兒界發展，但我的個性有點害羞，覺得走秀、拍照這些工作可能不適合我。但爸爸卻對我說：沒什麼事不能做，勇敢往前走，反正沒有什麼可以失去的。

過沒多久，我在報紙上看到有個模特兒比賽，沒考慮太多就去報名了。剛到比賽現場的第一個反應是：我應該不屬於這裡，還是趕快走吧！滿屋都是高個子的漂亮男女，總共有一百多個人，我身高不到一百八十，沒有進入大型經紀公司當模特兒的資格。但接著想到我有自己的特色，可以用其他優勢彌補，像眼神、身材比例，在鏡頭前的表現，未必會輸給別人。人都會先挑自己的缺點，其實不必因此受限，人生也像是比賽，不一定都要競爭、贏過別人，但可以找到自己的位置。

所以我沒逃跑。比賽開始了，我們穿各類衣服走秀、拍照等等，一個個關卡慢慢淘汰，最後出乎意外的，我獲得了第一名！其實事前我完全沒準備，勉強說只有平時練身體而已，其他都是現場發揮，所以我當時有些驚訝。果然我做到了，這個經驗讓我開始更敢於做夢。

後來我沒有繼續往模特兒界發展，很多事情不是想像的那麼容易，而且我也不確定這就是我的夢想。我想學習更多東西，先去英國居遊一年，然後又回法國學校主修國際貿易，很奇妙的是，這個選擇讓我有機會來到台灣。

原因是學校要求國貿科的學生必須到海外實習一年，我第一個想到的是陌生的澳洲或台灣。比較後發現，澳洲學校學分費很昂貴，台灣則是免費，根本不必想我就決定到台灣。在此之前，我住過加勒比海馬丁尼克島一年，在聖馬丁島住了四年，而後隻身去倫敦，生活周圍有很多外國人；但是到一個文化語言系統完全不一樣的亞洲國家，對我來說，那才是真冒險！

遇到好心路人

來台灣之前，我一句中文也不會。我想，我的冒險基因來自爸爸。爸爸很早就鼓勵我去大郵輪上工作，跟著郵輪環遊世界。不過，我的個性比較謹慎，認為學歷還是滿重要的。

剛進台北市區找事前聯絡好的住宿地址，就遇到了一個難忘的經驗。在找路時繞來繞去一直找不到，後來有位先生主動靠近我們，將他的手機遞給我，原來他想幫我們，但是不會說英文，打電話請朋友代為翻譯，問我們需要什麼幫忙。這位男士不但為我帶路，還客氣地給了我他的名片，說未來需要什麼協助可以找他。讓我驚喜地連聲說謝謝，台灣人的和氣和友善真的令人感動。

老實說，法國那幾年連續發生好幾個恐怖攻擊事件，人與人之間的信任開始鬆動，人們在路上通常不跟陌生人談話，更不要說主動提供協助。找路遇到好心路人，讓我對台灣的第一印象非常好。

賺三百元，存一百元

不過學校似乎認定只要是西方國家的學生一定會英文，所以有一個不讓外籍學生上英文課的規定，就算我想在學校上英文課也沒辦法。生活習慣的不同加上要配合學校要求，一開始確實適應得比較辛苦。

後來除了上課之外，我決定在台灣試試模特兒的工作，藉此累積一些工作資歷，幫助未來的工作發展。

我在法國的模特兒資歷與作品集，讓我順利找到模特兒的工作機會，在台灣的外籍模特兒通常會先拍攝網路影片或商品型錄，透過這些工作我接觸到許多不同的人，得以用不同的視角了解台灣，同時也感受到在台灣生活的舒服、便利與安全。

結束來台交換學生九個月之後，我回到法國重新申請了一筆貸款，決定回到台北，展開新的挑戰。透過經紀公司的安排，去參加了各式各樣大大小小的試鏡，也很努力接案。但我習慣了很節省的生活，貫徹賺三百元、存一百元的原則，所以，來台工作兩年便有了一些存款。

我的另類中文課

不過，難以想像的是，我在台灣四年，卻完全不會講中文！曾經去師大上中文課，但因為工作太多而缺課。加上模特兒的工作不太需要語言表達，周圍朋友也是全用英文溝通，讓我對中文的學習動機不夠強烈。我天生喜歡浪漫熱情的法文、義大利文，尤其是巴西人用葡萄牙語聊天特別好聽。中文給我感覺比較理性，所以我對中文的學習，一直沒辦法持續，卻沒想到一個綜藝節目讓我有了更多學習中文的機會。

那時候模特兒朋友傑克，參加了一個電視節目《二分之一強》。傑克是澳洲和南韓混血兒，人帥、身材很好，他完全不會說中文，卻成為節目的固定來賓。我想，如果因為個性和魅力就可以上節目錄影，那我應該也可以！

《二分之一強》可以和其他國籍的人討論各自文化差異，聊自己的想法，還滿有趣。節目那時有杜力、夢多、馬丁等固定班底。我第一次應邀上節目時超緊張，因為我的中文聽、說都不行，根本聽不懂其他人在講什麼。看其他人笑，就跟著笑。在上節目前，我會事先準備當天要談的主題，硬背記下所有講話的內容，上場現學現賣。如果主持人當場多問問題，我是完全無法應變的。

《二分之一強》節目成為我的另類中文課。每次我都必須針對製作單位預先給的題目，先用英文寫下我的答案，再利用翻譯軟體譯成中文；之後再透過電話，把我寫的內容念給節目助理聽，讓他協助我修正翻得怪怪的地方，之後我用拼音記下所有的中文發音並且反覆背誦，整個過程非常辛苦也很累。

加入節目的第一年，我大概都要花一星期的時間硬背中文台詞，不過，也因為每次的題目不一樣，讓我學到不少新的中文字。

現在想想，上節目談話，竟然成了我自學中文的最佳動力，也讓我找到了學語言的好方法。一般在課本上學到的主題，很少會用在日常生活，譬如我們不會天天跟人說布萊恩在廚房、李先生吃一個蘋果……但在節目上，我們常常需要要介紹自己的國家、形容自己的個性、分享私密的經驗、討論生活和夢想，在不知不覺中重複練習，我也學會了用這些中文內容溝通與交朋友。我想，如果要讓一個語言學習更有效率與實用，不妨先從分享自己的故事開始，會是很好的練習方式。

人都會先挑自己的缺點，其實不必因此受限，
人生也像是比賽，不一定都要競爭、贏過別人，
但可以找到自己的位置。（首次模特兒照）

一段年齡與美麗的插曲

多半人會覺得年輕才是美，年輕才性感，但如果沒有迷人的氣質，我不會用美來形容；相反地，就算有了年紀，但講話充滿魅力智慧，有自己的獨特韻味，對我來說這才是美麗。

第一集也是最後一集？

我有一件糗事，很少人知道。那是第一次錄《二分之一強》發生的意外事件。

當時我的中文程度只有問候語而已，為了第一次上電視節目，已經拚命背腳本一週了。

那一集的主題是關於姊弟戀，首先我必須準備兩個故事，寫好故事後翻成中文，再用羅馬拼音寫出中文讀音再背下來。花了一下午的錄製時間，剛好也來台灣旅行的媽媽，開心地問我當天表現如何。我告訴她，這應該是我的第一集，也是最後一集。

那天錄影前，我和當時的經紀人正在後台複習腳本。一位優雅的女士經過我們面前，經紀人小聲地告訴我這位女士的年齡。我看得出她很健康有活力，一定是生活習慣良好、花時間照顧自己的人。但我從小在家裡被外婆媽媽姊姊四個女人包圍，很容易看出她是有一定年紀的女性。

後來我繼續低頭背故事。沒多久，節目終於開始錄製，攝影棚內的氣氛活絡，幾位外國型男跟主持人又笑又鬧，每個人講話都很快，我很快就陷在一大堆聽不懂的中文和強烈攝影光照射下迷失。只能自己不斷默背那些羅馬拼音，不斷告訴自己，等下講完就沒事了，以後要好好學中文……

大約十分鐘後，正當我有點恍神時，主持人忽然指著那位優雅的女士問我：「法比歐，你猜這位來賓幾歲？」哇……壓力直衝我的頭，我的呼吸停止了，無法清晰地思考。我記得剛才經紀人告訴我的數字，但我猜不應該直接說出她的真實年齡……一團亂中我匆匆講了減掉五歲的數字，還慶幸自己反應夠快。沒想到這位女士聽到減了五歲的數字後很不高興地站起身，離開了攝影棚，全場瞬間陷入尷尬。

每個階段有不同的美麗

節目當場停止錄影，我完全不知道自己說錯了什麼。主持人帶著我去向她道歉，並告訴我：「記住，以後要小心討論政治、宗教和女性年齡。」

我不知道超過一個數字的年紀揣測會讓她感到不舒服，她走到我的面前，氣憤地說：「你，很不紳士！」其實，我平常不會想猜女人的年紀，因為媽媽對年齡也很敏感，法國人也不會直接問對方年紀，但我後來想，如果當時用別的方式，不要直接說一個數字，是否會比較適當，譬如只要說看起來跟我姊姊一樣年輕等等。但我當時中文聽不太懂，因為文化的差異，加上我不想太虛假，又是第一次上電視綜藝節目，在壓力太大、緊張過度的狀況下，主持人忽然問了腳本上沒有的問題，其實我只聽懂「幾歲」兩個字，倉促間不但沒準備好，還以為年輕五歲是很適當的回答。

在我的心底深處，我覺得每個年紀、每個階段都有不同的美麗，不管幾歲都可以很漂亮。因為美是要講人的真實樣貌，跟青春或年紀沒有直接關聯。多半人會覺得年輕才是美，年輕才性感，但如果沒有迷人的氣質，我不會用美來形容；相反地，就算有了年紀，但講話充滿魅力智慧，有自己的獨特韻味，對我來說這才是美麗。

下定決心好好學中文

當然，那天我準備的羅馬拼音故事都被刪除了，所以媽媽問我時，才會回答應該是最後一次了。沒想到，後來節目組邀請大家聚餐，所有人都聊起當天發生的事。我聽了只能苦笑，但製作人卻說事情沒這麼嚴重，不要擔心，仍要我每週去錄節目。

那些中文不夠好的錄影日子，都是因為主持人以及「外國型男」朋友們的包容，並用各種方式丟球給我，我才有機會上鏡頭，他們也幫助我度過許多難關，我才會成為固定來賓。

參加節目的第二年，才感覺比較輕鬆，我只需要記下重要關鍵字，就能應付自如。《二分之一強》節目，讓我深深感受到，如果無法隨心所欲地用中文表達，不僅造成誤會，更無法完整表達真正的想法，會是多悶的事。所以，我告訴自己，一定要下定決心好好地學中文。

抓住機會，實現演員夢

從小父母就常誇讚我的外表，
一起去看電影時，也會說或許我可以演其中某個角色，
這些點滴，漸漸養出我的演員夢。

不想被限制某種框架

小時候我演過舞台劇，表演不同個性的角色讓我很開心，因為可以把害羞的我隱藏起來。當朋友來訪時，我會穿著滑稽的服裝，試圖讓人們發笑。曾經想過未來有一天能不能體驗演員的生活？但我不知道演戲真的是我想要從事的工作，還是受到父母的影響……

和法國第一美男子亞蘭・德倫的長相很神似的爸爸，曾經在戲劇中擔任過配角。媽媽年輕時也曾被一位法國導演邀請擔任某部電影的角色，但當時她已經結婚有了孩子，就拒絕了成為法國演員的機會，但過了很久之後，她常會想當初如果答應了，人生會有什麼變化呢？從小父母就常誇讚我的外表，一起去看電影時，也會說或許我可以演其中某個角色，這些點滴，漸漸養出我的演員夢。

我曾參加過鳳小岳工作室的戲劇課程一年，但在台灣外國人很難有許多的演出機會，無法只靠演戲養活自己，我開始思考工作的各種可能。我很想做一些旅遊、露營、生活風格的節目，或當拍照攝影師，做很多不同類型的工作，才不會被限制在某一個框架中。

《二分之一強》是我進演藝圈的墊腳石，終於讓大家認識我，慢慢地打開知名度，粉絲數量也增加了幾十萬，不過「綜藝咖」並不是我真正擅長的。後來有朋友問我：「你覺得哪個藝人是你的目標？」我想到謝怡芬，Janet，她是主持人、演員、模特兒、作家；我們也一起工作過，因為Janet才認識現在的經紀人Nydia。

全心投入每一個角色

我花了三年的時間才突破《二分之一強》給人的印象。有時候會懷疑能不能做好不同於綜藝節目的工作，但當機會到來，我抓住機會，也很努力突破，產生了信心。

終於接到一部獨立製作的電影《最是橙黃橘綠時》，雖然是配角，卻是很棒的經驗，當時去台南拍了三個月，我為了投入角色，學吉他、書法，很享受拍片的過程，導演給演員很大的空間自由發揮。印象深刻的是有一場戲，要演出前妻自殺後的心情。那場戲反覆拍了幾次，必須是有層次的情感表演，我演完後，要花很長的時間才能回到現實。整部電影拍完後，導演對我說：「沒想到你可以這麼投入，表現得很好！」我知道自己還有很多進步的可能，而這部電影也是一條演員成長路的開始，但導演的話給了我很大的成就感和鼓勵。

兩年後，我參加了《刻在你心底的名字》試鏡，試鏡方式是要跟導演說一個故事，一個想像自己愛上一個男生的心情故事，後來我得到一個神父的角色。這個角色對我來說非常有難度，除了要揣摩神職人員，還有他背後想隱藏的情感！所以真的很謝謝瞿導與柳導的協助，幫我在表演上有很棒的經驗。

接著是電視劇《斯卡羅》的演出機會，我在劇中是一名叫李仙得的法裔美國人，常常需要騎馬，剛好我從小就學會騎馬，所以給了我一些幫忙，讓我可以花更多的精神在角色的其他細節，雖然這齣劇不必講中文看似比較輕鬆，但台詞還是很多很難背。演出過程中最讓我難忘的是和劇組的成員們一起成長。拍片過程中遇到很多狀況需要克服，像大自然與天候的變化影響，明明開拍時天氣很好，過不久忽然開始下雨，所以等待的時間變長；看曹導及團隊要調度這麼大的劇組，很多困難的拍

我喜歡挑戰的過程，好奇和不同的演員合作會擦出什麼不一樣的火花，最後會展現什麼樣的結果，其中也學到了很多新的事物，並學習各種情感的表演。

攝場面，真的很佩服，也很開心可以是其中一份子。另外劇本是從中文翻成英文，有些地方我得靠也是演員的周厚安修改調整，他的中英文都很好，對我的台詞表達真的有很大的助力。

準備這個角色，就像是在預備說出我的某些人生故事一樣。

李仙得也是離開自己的國家，去到一個未知的地方，那個地方最後成為他的「家」，在那個家建立了家庭與事業。

我深切地理解，異地「外國人」的感受——有自己的文化根基，又需要學習新的語言，同時也要適應不同的文化，常常夾在兩個世界擺盪。李仙得的孤獨、堅毅獨立，想要跨越文化隔閡的渴望——我全都懂，因為我也是這樣走過來的。

我一直對不同的文化感到興趣，從小四處遷徙的成長過程，教會我如何觀察、適應、並與人連結——很多時候，不是透過語言，而是透過情緒表達、存在感與共鳴，這些也是我走向表演的原因之一：藉由表演，我可以將無法說出口的內在感受表達出來，表演也幫助我建立自信，學會跨文化溝通，傳遞超越語言的真實情感。

成為李仙得，就要去深入了解歷史，閱讀他的著作，理解他內心的掙扎，與他第一次踏上土地的心情產生共鳴。我也透過外表的變化，去體會他左眼受傷的不適感，更重要是我的內心——因為這個表演旅程，我和李仙得有了共同的情感連結。

演這齣戲，提醒我，不論我們來自哪裡，我們都渴望被理解。當我們勇敢地跨越那些邊界，向未知的人事物敞開心胸時，我們就不只是一個「外國人」。

我們已經成為世界公民了。

全新體驗，演出舞台劇

這些戲劇的經驗，讓我確定自己是真的喜歡演戲，而非只為了完成爸媽的夢想。

我喜歡挑戰的過程，好奇和不同的演員合作會擦出什麼不一樣的火花，最後會展現什麼樣的結果，其中也學到了很多新的事物，並學習各種情感的表演。為了演出自然，我需花費比別人多五倍的時間去消化腳本，才能真正融入。有時候會想，如果是使用法文，會不會更能發揮？要回法國當演員嗎？但在法國我不一定有機會，一切都是問號。

人生就是這樣，是不斷有問號的過程，人生故事也不會按自己的想像發展。就在我不想把重點放在戲劇上時，就得到春河劇團《把我娶回家》舞台劇的演出邀約。這是全新的體驗，我在台灣各地不同的場地演出，與觀眾靠得很近，得到觀眾的即時反應，是很立體的。這段時間與劇團密集相處的過程，也讓我了解到，舞台劇是不管幕前幕後角色大小，大家都是作品的一部分。因為舞台劇不能剪接、不能後製，只能當天當場去感受，所以每一個人都很重要，很像參加一個社團，長時間相處後，每張臉都很熟悉都很清晰，這些點點滴滴，讓我開始期待下一次的劇場經驗。

我是個完美主義者，一直以來都過分認真。演戲方面，我盡全力想做到一百分，但以厲害演員的標準來看也只有五十分。因為經驗不足，無法達到更滿意的成績，過程中難免給自己太大的壓力。工作不能選擇只做自己喜歡的部分，不喜歡的部分也要嘗試克服，但完美主義者就是很難滿足，永遠覺得自己不夠好。

現在，我慢慢了解，沒有完美的人事物。要學習放大放遠看，不鑽牛角尖、不挑剔小細節；與人相處也是這樣。或許做到八十分就夠了，適時放過自己，否則永遠沒完沒了。

CHAPITRE —— III

一起過
「法式生活」

Le goût de la vie

à la française

每一天都可以很時尚

法式生活不是要一味地模仿，而是要找到適合自己的美好習慣，就像好好跟家人朋友吃頓飯、用花布置家居、欣賞藝術等等。

說真的，本來我完全不懂什麼叫法式生活，那就只是我從小天天居住的環境和看到的事物而已。再加上來台灣是要體驗新的生活，如果什麼都想著要跟法國一模一樣，那留在法國就好了。直到過了「台式」生活十二年，近兩年認識兩位住在台灣的法國朋友，我們開始分享以往家鄉的文化，才讓我真正清楚地定義出法式生活的特點。

當然，法國人過去幾十年中，隨著社會的變化以及社群媒體使用增加，生活方式也不斷在改變。我想分享的是童年感受到的美好習慣，相信這些對我產生了正面的影響。

共享餐桌時光，品味當下

首先是與家人共享餐桌時光，一起吃飯是法國人珍惜的傳統，也是我和老婆約好要繼續維持的。小時候我每天晚上會跟爸媽一起邊吃飯邊看電視新聞，然後全家一起討論。媽媽會問在學校有沒有發生什麼事，我平時不是喜歡講話的小孩，所以餐桌上成為分享的時刻，大家可以敞開心扉，討論生活中最近發生的事件和想法，並在漫長的一天後重新建立聯繫。偶爾就算吵架也無妨，吵完了又和好才是良好的互動。溝通是任何關係的基礎。在快節奏的生活中，我們往往會忘記騰出時間了解彼此，最後關係疏遠就來不及了。

十幾歲時開始有網路，我常常一個人窩在房間裡盯著MSN吃飯。媽媽很不高興，說她怎麼變成服務生了？但她知道怎麼跟青春期的男孩相處，不會發火怒罵，而是告訴我這樣她會很孤單；偶爾還會讓我自己回房間吃飯，說她去看電影。這種方式讓我不會感覺被強制命令，了解這是家人之間的體諒與尊重。

我的工作需要創意，滿腦子經常想著新企劃，但我知道應該活在當下，常提醒自己和伴侶、朋友相處時不要分心，因此有時候內心很掙扎。而做料理和心愛的人分享，是讓我專心的最佳解方。如果去早餐店或叫外賣，很快地吃完就沒了，但準備餐點時會想著對方的喜好：咖啡、雞蛋、新鮮麵包、奶油和蜂蜜……做好再擺盤，然後與對方感受那一刻圍繞美食的愛和溫暖。也就是說，法式生活不是一定要坐在露天咖啡館觀察路人，而是花時間去品味當下。

生活中的美好習慣

品味就必須包含各種感官，台灣雖然是美食天堂，但好像常忽略了這點。像是在便利商店買了餐點就直接用紙盒微波來吃，無須洗碗很便利，但對我來說，吃飯是一種享受，吃東西不僅是為了養活身體，也是為了養活靈魂，使用漂亮的盤子、玻璃杯來呈現餐點也是心靈享受的必要部分。我現在喝水是用朋友送的很薄的威士忌杯，平淡無味的白開水變得特別好喝。這不僅僅是小細節，也是對自己的尊重。所以，無論是一頓簡便的家常菜還是特殊的場合，使用的器皿會提升用餐體驗，讓我們充分欣賞菜餚的味道、質地和香氣，並提醒我們每一天都值得很時尚地度過，在平凡中發現美麗。

用鮮花裝飾空間也是一種美好的生活方式。鮮花的存在可以為家注入活力、寧靜和新鮮感。這些天然的藝術品不僅增添了美感，而且對健康也有療癒作用。鮮花的淡淡香氣和鮮豔色彩可以喚起積極的情緒，減輕壓力，營造和諧的環境。還有，沉浸在藝術和文化中也很重要。從小爸爸每天早上會放音樂，有時全家一起去看電影、逛家具店，到漂亮的咖啡店找靈感……無論是參加古典音樂會，或是探索當地畫廊，都可以增強我們與世界的聯繫，並鼓勵我們更深入地思考生命的意義。

法式生活不是要一味地模仿，而是要找到適合自己的美好習慣，就像好好跟家人朋友吃頓飯、用花布置家居、欣賞藝術等等。並非特別去學習或刻意營造，也不需要花很多錢，弄一大堆浪漫昂貴的儀式，而是享受當下，運用視覺、味覺、嗅覺等各種感官，使生活更加分。

好好跟家人朋友吃頓飯、用花布置家居、欣賞藝術等等。並非特別去學習或刻意營造，也不需要花很多錢，弄一大堆浪漫昂貴的儀式，而是享受當下，運用視覺、味覺、嗅覺等各種感官，使生活更加分。

像天堂的家

家對我來說不僅僅是四面牆和一個屋頂；家也是保護我們、讓我們生活的空間。

新的地方也有家的溫暖

從出生到十九歲，我住過十六個地方。

一般人難以想像，連我自己想起來，也覺得很不可思議。頻繁搬家的主要原因是爸爸太喜歡探索世界，他不能忍受待在同一個地方太久；而媽媽因為曾經失去擁有的一切，自然而然義無反顧地跟隨她深愛的人。

其實媽媽知道一直搬家對我並不好，特別是融入新的學校和建立友誼都非常困難。我十歲前沒有什麼好朋友，在加勒比海的海島，更曾因為是唯一的白人被同學欺負。所以每到一個新的地方，她第一件事就是布置我的房間，無論空間多小，都會有我的床、玩具和屬於我的角落。如果沒辦法有屬於我的房間，她也會用花布當作隔間，保留我的私密小天地，讓我在不穩定的環境中，有一個安全和舒適的空間。

由於常常搬家，我們大部分的家具、物品都放在祖父母的車庫裡，尤其在島嶼的五年裡，只帶了很少的行李。但我家從來沒有因為常常搬遷就亂七八糟，顯得簡陋單調，媽媽總會想辦法布置房子，用鮮花或小擺飾做裝飾，每隔幾個月就搬動家具的位置，讓視覺呈現煥然一新。媽媽總可以用最少的花費，最簡單的條件，營造出家的溫暖與美感。

所以從小我總是對生活在新的地方、體驗新的環境感到興奮與期待，而且不論搬到哪裡，都覺得那就是我的家。不過這也是讓我至今仍需要不斷變化的原因，我內心常迫切需要探索新的事物、換換新的生活方式、結識新朋友……現在偶爾還是想搬家，所以唯一替代的方式就是去旅行。就算是短期的小旅行，讓我回到家時也有了呼吸感。

內心嚮往的居家風格是什麼？

我相信，家就是你內在的反射，必須尊重它，並以自己覺得和諧的方式安排它。家是一個讓你感到熟悉、安全的地方，是一個工作後，讓你放鬆身心、恢復活力的地方。

當你在看雜誌、影片，或出國旅行，去飯店或朋友的住處，如果出現「要是我的家也能營造出這種氛圍就好了」的想法時，或許那就是你內心嚮往的居家風格。透過布置可以認識自我的風格。

家不單只有提供吃飯、休息的功能。也是我們呈現日常生活風格的舞台。家有主要的五個空間：客廳、餐廳、廚房、臥室和浴室。客餐廳通常會合併，我常建議從最大的家具沙發和餐桌的選物開始，因為大的物件會產生空間的核心視覺。雖然我從小常常經歷搬家這件事，但我總記得媽媽說的，選對餐桌與沙發，就可讓家人聚集的空間，有對的氣氛與感受。不論你搬到哪裡，這兩樣家具通常會陪伴你很長一段時間，所以花時間選擇高品質和好搭配的中性色調，可以因應未來想要體驗不同風格的變化。

可以加分的品味

我家的餐桌是灰色花崗岩，就算用久了，感覺顏色有點暗沉時，也可以使用不同的桌布覆蓋，變出新的風貌。

我們可以先從物件的選擇開始練習。如果你是一個喜歡料理的人，可以從挑選餐具、餐盤、杯子等等來為你的餐桌加分。

我常會用一組兩件的餐具來配搭，讓兩人用餐時產生同樣的美感經驗。不過，我會盡量買不是全套配件的餐具，我想盡量避免用不上整套時的浪費，也可以因為不同的配搭形式，讓餐桌有新鮮感。

廚房的布置，首要是整潔、方便、明亮。我喜歡開放式的廚房，不夠美觀的小家電、用具可以收在櫃子裡，使用時再拿出來。檯面上我會放一些香草、漂亮的木砧板、一些烹飪書籍，既實用又可以裝飾。我很重視廚房，因為這裡是一個分享的地方。我和老婆平常會一起烹飪，早上會在廚房一起喝咖啡，一天的開始就在廚房。

浴室同樣也要保持整潔、方便、明亮。我會在浴室放幾條漂亮的毛巾、一根蠟燭和一套保養品，其他的物品都藏在櫃子裡。環境要簡約、整潔感，首先是不要放過多的雜物。可以先列出你擁有的物品，就會意識到自己到底收集了多少不必要的東西。找出過去六個月裡沒有使用到，又不具有情感，或太裝飾性的東西，好好地斷捨離。

臥室則是要絕對放鬆的空間。臥室不建議放電視，會影響睡眠。盡量簡單化，床、床頭櫃、小閱讀燈、衣櫥就足夠了，可以用一些書籍、鮮花和蠟燭裝飾。

選物要跟著自己的年齡一起長大

我很重視床墊和枕頭的質感，床單顏色的選擇以中性淡雅為主。以前我曾住過一間使用很花的床單的Airbnb，讓我眼花撩亂，不容易平靜。豔麗色彩的混搭也可以很漂亮，但混搭是更高階的能力，難度很高也容易視覺疲勞。

有人也許不太習慣改變原有的生活模式，我曾看到一個朋友的房間，用著童年時期的卡通圖案床單，房間的擺設也跟小時候一樣。那些卡通圖案也許是因為童心未泯，但隨著年紀漸長，選物也應該跟著長大才對。

想想家中的地毯、棉被套、枕頭套與窗簾應該使用什麼圖案、顏色與材質，這些對風格設定有著關鍵性的影響。

我很喜愛北歐風格，偏向自然的紋理和天然的材料，顏色以米、灰、白為主。我不喜歡在家具上放滿小玩偶、小裝飾品，感覺容易混亂養出灰塵。另外，窗簾也很重要，裡層的蕾絲薄紗簾採用白色、搭配外層米色或灰色厚窗簾就很簡潔。燈光則是空間的魔法師。在角落放置不同的燈具，每到夜晚，為家中打造多層次的溫度和氛圍。

我喜愛溫和、柔美的燈光，塑造放鬆和安心感，盡量避免過於犀利刺眼的白光，因為白光很像我常去的牙醫診間。我們應該學習透過調節燈光的明暗和色溫，讓空間更有變化。

擺放的細節當然很重要。

我們每天都會接觸到不同的物件，秩序感其實很重要。請先仔細觀察你的空間，好好地安排這個秩序感，不要讓它顯得凌亂，擺放的物件，應該是你精心的安排。

對的布置，就像城市規劃的道路線條，如流水一般有節奏，才會順暢。

選擇與取捨

雖然一成不變的風格能帶來穩定感，但試試隨心所欲，自由靈活地打造自己的居家風格，也能為日常注入不同的樂趣。例如，每次選擇餐具時，都照當下的喜好挑選風格與顏色。讓你喜歡的盤子、杯子形狀與顏色，配合你的心情與季節變化，隨興混搭也是很好的練習。

而不同的花草植物也會變換空間的氣息。可以到花市選你喜歡的當季植物與花，利用這些花花草草，讓你的家產生更豐富的色彩，植物也會讓空間更充滿生命力與自然感。

學習利用大自然的元素，不論是在桌上、客廳，或是窗台等不同的地方，放上不同的植物，讓植物幫你的家創造寧靜獨特的氛圍。

旅行中如果有帶回的紀念品，將那些紀念品好好擺上也會讓你想起美好的旅行回憶。但不要讓收藏的物品過多，變得像雜亂的倉庫一般。

訂製家具也是一個選項，因為不同的需求，會有量身打造的融入感。以美觀與實用為主，一步步，一件件，好好地選擇與取捨，才有了現在的家。

學習塑造自己的美學風格

布置需要練習，品味需要探索，有了這些練習與探索，才可以打造出最適合我們的生活風格。

當我布置台灣的家時，也會尊重家人的喜好，巧妙地使用植物與米白色，讓偏愛冷色系和深色原木的我，也照顧到偏愛暖色系與淺色系家人的需求。

在採光好的空間裡，我會設計寬大的窗戶，讓陽台的自然光湧入室內空間。至於牆壁和窗飾，我則偏好利用淺色系，增強房子的明亮感。另外也可以利用鏡子產生明亮和空間擴展的效果。

台灣人似乎比較不習慣邀請朋友到家裡聚會，平常的派對活動也不多。大多約在餐廳，也許這樣比較簡單而不麻煩。我常聽到台灣朋友自嘲說：「不喜歡邀請朋友到家裡，是因為家裡太亂了，亂到不好意思邀請人來。」

如果覺得自己的家不夠好看，而害羞邀請，不如先想想怎麼建立屬於你的品味和風格。突破傳統的選擇，自己持續學習，好好地表達與實踐，才會慢慢地塑造出自己的美學風格，居家生活也會產生細膩的變化。

慢慢來，從個人空間開始改變

對某些人（尤其長輩）來說，家也許只要可以住就好了，不必講究美感與氣氛。如果還與家人住在一起的人，想要改變居家風格可能具有挑戰性，我的建議是一步一步來。從個人空間開始，慢慢擴充到浴室、廚房和客廳，逐步實施小的改變，然後不時問問家人：「我們重新安排試一個月，看看感覺如何？」就算預算有限，也可以在沙發鋪上舒適的毯子、點燃幾根蠟燭，或者布置一張可愛的桌子，讓大家一起享受有情調的晚餐。久而久之，原本不重視的人可能會意識到，這些變化讓大家心情變好、促進家庭的和諧，就會樂於一起布置了。

我來自一個極度注重美感的家庭，媽媽啟發我對布置空間的訣竅，她雖然喜歡清新簡單的風格，卻很在乎細節。購買物品時也看重實用與耐用性，不會盲目追求流行。

家對我來說不僅僅是四面牆和一個屋頂；家也是保護我們、讓我們生活的空間。家的布置反映了人的個性和價值觀，而透過正確選擇家具、燈光、色彩和個人魅力，每個人都可以將家裡變成一個寧靜的天堂，一個所有相愛的人共同茁壯成長、感受溫暖療癒的地方。

廚房，美味之詩

細心的擺盤與味蕾體驗都可以讓來到法比歐私廚的人有獨特的饗宴感。所以，廚房於我，不只是烹飪空間，而是詩一般的空間。

食物與生活的關係

廚房於我，就像詩一樣地美好，讓我在尋找美味的同時發現自我。

對法國人來說，廚房不僅有著美食的誘惑，也是生活趣味的所在。廚房既是料理的舞台，也是歡樂的遊戲空間。我喜歡在廚房裡聆聽音樂、閱讀書籍與完成學習作業。

我習慣在不大的廚房，放置一個小吧檯，配上適合空間大小的圓桌，這樣的配置就可以看出我的廚房空間感。

廚房除了具有烹飪功能之外，更是一個與家人、朋友真誠交流的場所。

法國人習慣邀請親朋好友到家裡共進晚餐和參與派對，社交活動是我們重視的。法國人天生講究飲食，因此也會精心準備美酒佳餚，款待到訪的賓客。法國不像台灣有這麼多口味絕佳的平價餐廳，所以多半傾向在家烹煮料理，或許也因此造就出法國人的料理能力。

我們有許多的家庭決策，都是在廚房中熱烈討論達成共識的。廚房無形中成為一個教育空間，孩子可以從父母或其他長輩學習烹飪，並了解食物與生活的關係。

記憶中，廚房也是我學習的空間，更是家人之間的生活中心。小時候，我經常在廚房裡寫功課，因為法國晚餐的時間比較晚，所以當我在廚房裡做功課時，媽媽會開始準備晚餐，廚房裡便充滿各種食材的味道和煮菜的香氣交織。

料理，如同創作

料理的過程也是廚房的魅力之一，就像創作詩一樣。在烹調過程中，可以因為所選擇的食材，讓不同蔬菜和水果展現獨有的色彩、形狀和口感，這些都是我思考如何選擇和搭配食材後，才可以創造出和諧的味道。料理可說是為了健康，也是為了滿足味覺的好奇心而存在。

使用原型食物也是必要的一環。現在有些孩子不認識紅蘿蔔，也沒見過在海中游動的魚。如果我有機會帶孩子去農場，就要讓他們看到、摸到、聞到這些原型食物的成長樣貌，體驗大自然可貴的生態。

每一次聚會都是回憶

廚房也是增進感情的場所。

在特別的日子裡，我會變身為私廚，精心策劃宴客菜單，用我的料理招待朋友。為了讓人留下深刻的印象，我會使用看似平淡無奇的蔬菜，整齊有序地擺放在碗盤裡，排列成五彩繽紛盛開的花樣，讓蔬菜花洋溢春天的氣息。其實只要善用蔬菜的特色，就能創造出優美的藝術感。

我沒有固定的菜單模式，而是根據當下的感覺或設定的派對主題來發想。所以每次籌辦聚會，我總是能在廚房裡找到私廚的樂趣，對於擺設餐桌、裝飾餐具，都讓我感到愉悅。

若準備的時間有限，火鍋就是一個不錯的選擇。看似簡單的火鍋，卻可以營造輕鬆熱鬧的用餐氛圍。準備各種美味的肉片、蔬菜和湯底，可以滿足不同口味的需求。為了讓聚會更加豐富多樣，我也會預備不同的調味料和更多樣的小菜，讓參加聚會的朋友擁有不輸餐廳的美食體驗。

每一次聚會都是我精心創造的回憶，細心的擺盤與味蕾體驗都可以讓來到法比歐私廚的人有獨特的饗宴感。

所以，廚房於我，不只是烹飪空間，而是詩一般的空間。

在特別的日子裡，我會變身成私廚，精心策劃宴客菜單，用我的料理招待朋友。為了讓人留下深刻的印象，我會使用看似平淡無奇的蔬菜，整齊有序地擺放在碗盤裡，排列成五彩繽紛盛開的花樣，讓蔬菜花洋溢春天的氣息。

衣服是你的生活風格

衣著可以是了解自己的過程，也是展示個人品味的外顯方式。穿著是個性、是自信，也是你的生活風格。

我的爸媽都非常注重穿著和打扮，特別是我爸爸。他很在乎外表給人的印象，每天出門前都會花時間打扮自己。他會將鞋子擦得亮亮的，衣服和褲子也必須符合他的美感標準。他對於衣物的照顧就像對待愛人般細心，會注重衣服是否平整，尤其喜歡經典與細緻的風格。

如果你只愛穿家居服，不習慣看場合打扮，可能會因此錯過不少讓人想認識你的機會。就算你有顆善良忠誠的心，一般人還是會以你外表給人的感覺來評判你。

不用追求名牌，也要穿出品味

爸爸經常提醒我西裝和領帶的重要性。雖然我們家庭並不富裕，卻常有機會參加上流社會的派對，那是需要穿正式的西裝、打好領帶的場合。如果裝扮不夠得體，可能會引起別人對你的偏見。我也因此學會了什麼是社交場合中合宜的裝扮。

穿著不是為了追求名牌或奢侈品，讓你產生優雅的氣質才是重點。而正確的穿衣態度也可以得到別人對你的認可和尊重。

配合場合穿著這件事，在某些國家很重要。適切的服裝儀容是進入不同場合的基本要求，記得我第一次去夜店時就因為不合規定的穿著而不能入場。

不同城市對「美」的詮釋也不相同。台北較為「自由不羈」，常常看到過度華麗或不合身的打扮，有的人穿得像聖誕樹一樣花稍，或習慣穿版型寬鬆的西裝。

法國並不是所有人都具有出色的品味，或者深知穿著的訣竅。在法國鄉下，很多人也不太重視打扮。

不過，法國人是普遍重視外貌和日常服裝的。特別是巴黎作為國際時尚界中心，產生不少名設計師和時尚品牌。生活在這種文化環境中，會比較注重服裝和外貌，這不僅是為了吸引他人的注意，也是對自己與他人的尊重。

流行不一定適合每一個人

服裝在法國有多重的意義，包括自我表達、社交禮儀和個人品味等。

法國偏好經典風格與看似較為保守的穿著。黑色、深藍色和白色深受法國人喜愛，特別是黑色，是既優雅又簡約的代表色，也適用於正式或休閒的場合。

走在巴黎街頭就可看到許多以黑色為主色的穿搭，不過很多人也會細膩地加入一些獨特的元素，如配飾、設計不同的造型。

另外，我覺得穿著「合身」很重要，流行趨勢不一定「適合」每一個人。

清楚自己身高和身材特徵，才可以穿得更好看。有的人身材嬌小，就不要選擇過於寬鬆的衣服。而身材高眺偏瘦的人穿寬鬆的衣服，比較容易創造衣服的風格。

近年來「運動風格」也逐漸流行，甚至在一些正式場合，也被較為輕鬆的運動穿搭風取代。不過，這種變化往往需要潮流人士的配搭建議。

穿著不只是個人的選擇，也是集體文化現象或觀念所導致的結果。

價格不是品味的必要性

對我而言，男人的衣櫃裡，應該備有幾款西裝、襯衫和皮鞋搭配。其中，黑色和深藍色西裝，以及白色和黑色襯衫為基本實用的選項。不可忽視的是，細節往往決定整體的效果。例如，要好好選擇與皮鞋相襯的襪子，而非隨意的運動襪，這點可以巧妙突顯出個人的品味。

有些品項可以選擇品質高的材質，如外套、皮鞋和包包，因為好的材料更耐穿、耐用。比起盲目追求當下流行，也可以選擇經典且不易過時的款式，這樣的款式可以陪你度過更多美好時光。

我覺得穿著「合身」很重要，流行趨勢不一定「適合」每一個人。
清楚自己身高和身材特徵，才可以穿得更好看。

價格不是品味的必要性，穿著昂貴的西裝卻搭配破舊的皮鞋可能會降低整體形象。相對地，平價的牛仔褲配上潔淨的白色運動鞋，或合身的外套和白色T恤也是很好的搭配。穿著的核心在於是否可以合適合宜地表達個人特質。

除了基本款，提升時尚感也是必要的。可以經常翻閱時尚雜誌和觀察身邊潮人的穿著，這樣可以漸漸增加你對時尚的敏銳度，當然這也是我在擔任模特兒期間的學習方式。

穿衣，是了解自己的過程

有些人天生不太懂得打扮，即使天天照鏡子也無法看出自己的問題，也許可以在網路上找尋與自己身材相似的人，例如某位喜愛的演員、歌手的穿著風格，然後模仿學習。一切都是從模仿開始，如同孩提時期的我們也是學習模仿父母長大的。

衣著可以是了解自己的過程，也是展示個人品味的外顯方式。

穿衣哲學也透露出自己的內在狀態。

選擇合適的衣物有助於提升自信和自我認同。

穿著是個性、是自信，也是你的生活風格。

我不是新郎

每個人都有獨特的美，合宜的裝扮使人心情愉悅，懂得自我欣賞，讓外在美和內在心境相輔相成。

我曾發生過一個好笑的西裝故事。

有一次，我為了出席朋友的婚禮，穿上我很喜歡的正式西裝赴宴。當我抵達婚禮現場時，大部分的人都已經坐定位了。沒想到等我付完禮金，走進大廳的那一刻，卻受到熱烈的歡迎。很多人起身跟我握手，並說著「恭喜」。

原來，大家都以為我是新郎！

穿衣插曲，誤判身分

這個誤會在其他國家比較少發生，大部分的國家若有婚禮，新人通常會邀請彼此都認識的人。但台灣的婚禮中，常會有不認識新娘或新郎的人參加，這個文化差異讓我的正式打扮被誤認是新郎。我的朋友後來告訴我，還有不少人也誤會我才是新郎。想想，不同的穿衣選擇確實會創造不同的人設，也可能引來不小的誤判。

其實，在那次婚禮我也有好笑的誤會。

因為同桌的賓客大多穿著不同顏色的POLO衫，有粉紅色、紅色和藍色，也有人穿著運動鞋和運動褲，所以我猜想他們可能是伴郎，為了事先的婚禮彩排才這樣穿吧。大約五分鐘後，新郎和新娘正式出場，這時才有人驚訝地發現，原來我不是新郎，而我也誤會了，他們不是伴郎。這個插曲突顯了原來社交場合中的穿衣樣貌，會讓不同文化背景的人產生對彼此身分的誤讀。

衣著代表你的社會語言，也是展現自我的方式。而台灣人在婚禮上的隨興穿著，還是讓我感到不解。想想，我們的身體可以感知世界、與外界互動，也是展現自我的主要媒介。選擇合適的衣物，對我們的身體是很重要的。當然首先要「舒適」，再來是「版型」，兩者合一能突顯身材的優點，也可以為人帶來自信。

每個人都有獨特的美，合宜的裝扮使人心情愉悅，懂得自我欣賞，讓外在美和內在心境相輔相成。

基本穿搭之必要

我覺得基本的穿搭原則是必要的。例如，服裝的顏色盡量不要超過三種，經典的穿衣品味，應該避免選取過於鮮豔或大面積的色塊。另外，也要考慮個人特質和自在感。

我曾在西裝日的活動中，觀察到有人穿著正式西裝褲搭配運動鞋和短襪，還有黑色西裝搭配咖啡色鞋子，這是我不推薦的配搭方式。我喜歡大地色和自然色。黑色則是自小我媽媽一直推崇的顏色，她覺得黑色可以適應各種場合，十分百搭。與朋友吃飯約會、公司開會，或看表演等活動，黑色西裝褲和襯衫都可以運用與配搭。

法國往往在某些高級飯店或米其林等級的餐廳，皆設有嚴格的穿著規定，比如進入餐廳必須穿著西裝。不遵循這些規定，可能會被拒絕入內。這種規定突顯這些場所在穿著上與社會禮儀的關聯。

居住台灣多年，我的穿著習慣不知不覺地產生變化。台灣的高溫高濕氣候，無法輕易穿上西裝，除非出席特定的正式場合，才會穿上西裝。但不論是西裝或者休閒服飾，服裝的設計和品味都是需要優先考慮的條件。

為任何場合做好準備

生活環境不同，對於衣服的想法也會不一樣。我的身分是藝人，比較容易在公眾場合被認出來，因此，低調的穿著風格

這一天，是我的求婚日。

成為我的偏好。一旦穿得太過搶眼時髦，很容易成為焦點。

建議大家試試因應不同場合、主題做各種合適的配搭練習。無論是休閒郊遊、商務會議還是浪漫晚宴，穿著得體不僅體現了我們的個人風格，讓人感到自信和舒坦，也有助於與他人建立良好的互動關係，因為你實現了自己對所遇到的人和所處環境的尊重。另外，這也可以讓我們在不同活動中有更多的參與感。試著在婚禮、觀賞正式演出、進入高檔餐廳或從事商業等活動時，穿著合適的衣物出席吧。

穿著得體是法國生活方式中根深蒂固的習慣，人們相信給人的第一印象至關重要。正如我父親曾經提醒我的那樣，我們永遠不知道一天中可能會遇到誰——也許是一個潛在的工作機會、一個新朋友，甚至是一個潛在的情人。這種想法也培養了一種準備就緒的習慣，讓你無論在什麼情況下都以謹慎和自信的態度展現自己。因此，不僅僅是穿著的問題，為任何場合做好各方面的準備才能展露自己的最佳表現。而期待每一個活動、每一次相遇都蘊含有意義的人事物，讓每天的開始都充滿正能量不是很棒嗎？

CHAPITRE —— IV

幸福的 探索

Explorer les saveurs du bonheur

運動是我的好夥伴

如果我失去對運動的熱情，或者變得懶散，不善待自己的身體，一定也會影響到家庭關係，甚至對生命產生負面的影響。

搬家到加勒比地區

想起童年，眼前浮出一片蔚藍的海洋，耳邊傳來浪濤聲，鼻子裡聞得到鹹鹹的味道……那裡是靠近南美洲、像古早海盜傳奇的神祕海域「加勒比地區」。我習慣早上光著腳走過沙灘上學，進學校之後再換上夾腳拖，放學之後又光著腳直接在大海游泳，想想，覺得每天都像在度假。

原本我家住在法國，直到六歲那個特別寒冷的冬天，一向喜歡溫暖氣候的爸媽決定要搬去全年有陽光的地方。攤開世界地圖，爸爸指著加勒比海，跟媽媽說年輕時體驗過的海島生活有多好玩。他們就在兩個星期內賣掉所有家當，帶著我一起到加勒比海的馬丁尼克島。

那裡雖然是法國的海外省分，同樣懸掛紅白藍三色國旗，課本上講的是同樣的國家歷史，但是學校裡連老師都說當地方言，我一句話也聽不懂！又因為我是唯一的金髮白人，經常受同學捉弄，我常忍不住跟人打架。老師請媽媽來學校，媽媽覺得我必須學習保護自己，所以沒罵我但也不會出手幫我，要我學習獨立，融入團體，不能躲在他們的保護傘下。

運動釋放我對新環境的壓力

小孩的適應力其實是很強的，我發現同學們都很熱中運動，這也是我的強項。那時候，我參加了學校舉辦的小小馬拉松比賽，爸媽也來幫我加油。但他們到了比賽現場，看到其他參賽的小孩，幾乎都比我高、比我壯，大概認為我沒有勝算，竟然跑去酒吧了。沒想到我的戰鬥力旺盛，居然衝到第一名，大家一起為我的勝利歡呼，後來都輪流來跟我借獎盃感受一下冠軍的滋味。這次比賽之後同學也開始接納我了。

後來我更積極投入校內各種體育競賽，運動成為我最熱愛和擅長的領域。

隨著我對運動的愛日益加深，它也在我的生命有了特殊的位置。由於我常常轉學，不斷要認識新同學新環境，加上爸媽的關係與家庭變化，運動幫助我釋放與發洩日常生活中產生的壓力。

後來爸爸心臟出現問題，我常常在半夜陪他急診。十三歲那年，爸爸更被診斷出罹患癌症，之後我常去醫院看他，甚至在醫院陪他度過許多夜晚與聖誕節。

看見爸爸身體承受的痛苦，我更下定決心，要遠離菸與酒，因為它們嚴重影響了他的健康。我親眼看到酒精如何破壞他的身體。

面對新生活的自信

經歷爸爸生病的過程後，我更清楚健康的重要，也是我堅持運動的原因之一。

此外，選擇健康的飲食也很重要，想想，生活中有很多的事情不是我們能控制與選擇的，但選擇吃什麼完全可以由我們自己決定。如果我失去對運動的熱情，或者變得懶散，不善待自己的身體，一定也會影響到家庭關係，甚至對生命產生負面的影響。

現在我已經不是一個人生活，也成為一名父親，時間的分配與運動習慣的保持，成為我的挑戰。

我在十六歲時曾接受過一項運動員的訓練計畫，那段為頂尖運動員預備的訓練過程，讓我清楚地知道，唯有規律的運動、足夠的睡眠與好的飲食習慣，才會養出紀律的生活。這個紀律，不僅可以幫助我們使頭腦清晰，更有穩定情緒的作用。

為了幫助自己順利度過新手爸爸的混亂期與改善難以規律運動的問題，我報名了台灣的三鐵活動。我利用這個挑戰，開始安排固定的訓練課表，為了不影響家庭生活，每天早上四點半便照表操課地訓練自己，在這段日復一日持續不斷的練習過程中，我終於找回面對新生活的自信，也再度擁有了運動這個陪伴我日常的好夥伴。

我報名了台灣的三鐵活動，我利用這個挑戰，開始安排固定的訓練課表，為了不影響家庭生活，每天早上四點半便照表操課地訓練自己……

124

那一趟印度之旅

印度之旅讓我了解，家不只是居住的空間，更象徵著情感的依靠和安全感。

每次旅行都像是打開一本新書，這本書，讓我更加了解生活、人性。

住進五星級飯店、去高級餐廳固然是一種舒適享受，但這並不會帶來太多的刺激，因為那是輕盈的「度假」。而往往能使人從內改變的，是走進當地人的家去體會當地的生活。

如同印度之旅，除了要克服許多因為住與吃的不適應而爆發出的情緒，相對也遇到許多挑戰，但在這些挑戰與適應中卻蘊藏著許多美好的體驗。

每座城市都是一本書

在法國，我很喜歡一個實境節目《今晚去你家住好嗎？》，一個法國人攜帶著GoPro環遊世界，前往陌生的地方，尋找熱情的主人，向友善親切的陌生人說：「嗨，我可以住在你家嗎？」這個節目很有趣，讓人有機會展現出真實的生活情境。看這節目，彷彿能感受到交換住宿的有趣體驗。然而，當時的我沒有自己固定的生活空間，每次旅行也多以背包客的方式展開，或與朋友們同住，常常有的是不穩定的旅行空間。

那一年與朋友來到台灣當交換學生，其中一個目的是想利用這段時間也到其他國家旅遊和探險。

那是長達一個月的旅行，我們因為預算有限，只能選擇廉價航班，買最划算的機票，整個行程的預算開銷大約八萬台幣。在短短的三十天內，我們計畫去幾個國家：第一站是新加坡，之後是泰國、峇里島，最後才是印度。

作為真正的背包客，旅行必須一切從簡。

海風吹拂的夜晚，我們選擇在海岸邊搭帳篷，藉此也可感受大自然的氣息，當然也可省下不少旅館的花費。至於食物，大多是在街頭小吃品嘗當地的風味，而不選擇餐廳，這不僅可以節省餐費，還能更貼近當地的日常生活。

過往的旅行經驗都在歐洲，這回是首次踏上亞洲。亞洲的風貌與歐洲截然不同，其中在印度的二十一天，每天都有滿滿的新奇。每座城市都像是一本書，而每一頁都像驚異大奇航。

深入當地的生活風情

在短暫停留孟買之後，我們曾經考慮騎摩托車前往北部，但是印度土地實在廣大，如此的計畫似乎過於冒險。於是聽從當地人的建議，我們找了一位司機當嚮導。他不只會開車帶路，還會親自帶我們遊走印度的大街小巷。印象最深刻的是去一個偏遠的村落，看到一座由白色石頭堆砌出的古老寺廟。因為有他帶路，我們才有機會更深入當地，體會當地的生活風情。

有一天晚上，司機邀請我們和他的朋友們共進晚餐。地點是在他平日休息的場所，一個位於公寓頂樓的開放空間。我記得那天晚上，在星星閃爍的夜空下，他們用戶外火爐料理了道地的瑪沙拉羊肉（Masala Lamb），大家圍在一起，一邊吃著食物，一邊談笑風生，很像一場心靈交流的露天饗宴。那天晚上的聚會，就是他們在印度生活的日常。我感覺他們不太有煩惱，懂得如何享受當下，對未來也有著樂觀的態度。

為了更貼近當地人的生活，我與旅伴決定前往印度更偏遠的鄉下旅行。

那次我們經過人煙稀少的地方，看見一個寧靜的湖泊，也看到一名約八歲的小男孩向我們走過來，沒想到，小男孩居然會說一些基礎的英文，原來他想提醒我們小心湖中可能有鱷魚，也努力用簡單的英文和我們開玩笑。

「家」的定義

在印度的街頭，經常有孩子伸手乞討，但這名小男孩卻只是純粹地想與我們交流，最後更邀請我們去他家玩。在經過一座森林後，我們跟著他到了一個用樹木拼接搭建而成的簡易住所，簡直不敢相信那就是他口中的「家」。家中住著媽媽和三個姊妹。男孩的媽媽一看到我們，臉上便露出燦爛的笑容，熱情地招待我們喝茶。當我們看到拿出來招待的一小盒茶葉，便理解到那是多麼珍貴的款待。他們還熱情地提議，希望我們可以住下來。

被他們的熱情招待打動，我們決定先趕回飯店，後來帶回了帳篷、一些食物和其他物件送給他們。他們收到禮物時，眼睛都亮了起來。我們也開心地感受到自己真的送對禮物了。

印度改變我對人的框架思維，並為自己擁有自由探訪尋找未知的機會，感到無比的幸運。那場旅程結束後，我也想成為更親切、更有同理心的人。

沒想到當我們離開後在走回飯店的路上，卻看到男孩的媽媽和姊妹，正在賣掉我們送的禮物，想把物品全部換成食物。媽媽看到我們後，一直跟我們說抱歉，我們才明白，他們真正需要的是食物和錢，並不是我們以為需要的物品。

我被改變了

我常常回想起那次的經驗，想到世界上有很多人過得很艱難，但他們還是能以樂觀和充滿活力的心態生活，這點真讓人佩服與感動。這些也會讓我重新思考什麼是「家」？什麼是「知足」？什麼才是生活中的「感恩」。

印度之旅讓我了解，家不只是居住的空間，更象徵著情感的依靠和安全感。

就像那名印度鄉下笑嘻嘻的小男孩，即使生活貧困，仍然快樂地與你互動交流，邀請你去簡陋到無法想像的家。

印度改變我對人的框架思維，並為自己擁有自由探訪尋找未知的機會，感到無比的幸運。那場旅程結束後，我也想成為更親切、更有同理心的人，也想改掉批評和抱怨的習慣。

二十三歲那年，因為印度之旅，我明白了生活可以是簡單的。

有時候，只是一杯茶，就足夠讓人心滿意足。

回到原始的樂趣

大自然是我最大的靈感來源；
露營是我的充電器，也是我的遊樂場，更是我修復心靈挫折的法寶！

重新開機的方式

露營時，總讓我想起在加勒比每天放學時，用來探索自然界的時光。那時候我常與朋友去摘水果、衝浪、潛水，在野外觀察小動物。雖然住在封閉的小島上，那些迷人的大自然探索，卻養成我用大自然解壓的習慣。

露營也讓我想起小鎮的生活。十二歲之後的夏季週末，媽媽安排我去學騎馬和參加各種戶外活動。那時候住在馬場周圍，那些因為季節而變化的田園景象多麼令人難忘，有時候我們會在美麗的田園中搭帳篷過夜。

露營時一定要親手操作，這樣可以讓你跟大自然有更親密的關係，也會有立即的成就感。就算兩三天不洗澡、利用各種戶外生存技巧來露營，譬如搭建帳篷、用有限的工具準備每一餐，這些都會讓人回到安靜的內在狀態。

露營時千萬不要滑手機或討論工作，這樣才可以打破日常習慣，抽離原本的生活制約。露營幫助我們離開城市的喧囂和煩惱，在一個全新的環境中，找到放空自己與重新開機的方式。也趁機斷開日常連結，把自己丟到大自然中，調整生活的節奏。

懂得珍惜一切的「有限」

露營會讓你回到原始狀態，大家會更自然地情感交流。在繁星下的營火旁唱歌、講笑話，一起仰望天空的瞬間，也許會忍不住說出對方不知道的內心故事，這樣也可以加深彼此的了解。

到台灣生活這幾年，就算生活很忙碌，有空時我還是會去露營。我喜歡找比較冷門的自然景點，期待新的自然體驗。

朋友常形容我是「全副武裝」的露營人。他們都說：「只要有露營計畫，找法比歐是最佳選擇，因為法比歐總會備齊所有的必需品。」

除了基本所需的食材、用具，我還會帶喇叭、蠟燭、咖啡豆、磨豆機、書……不過再怎麼齊全還是有限的，而這對我來說，就是露營的樂趣之一。你會更珍惜這種「有限」，譬如說：在低溫涼風中，聽著鳥鳴，喝上一杯熱茶就可瞬間提高體感溫度，這時候，一個簡單的杯子是不是顯得很珍貴？想像你與自然美景和清新空氣的互動感受，透過這些少少的東西是不是覺得更幸福？因為「有限」，所以更會好好享受擁有的滋味！

而最美好的樂趣當然是融入大自然的感受，大自然是我最大的靈感來源；露營是我的充電器，也是我的遊樂場，更是我修復心靈挫折的法寶！

露營幫助我們離開城市的喧囂和煩惱，在一個全新的環境中，找到放空自己與重新開機的方式。也趁機斷開日常連結，把自己丟到大自然中，調整生活的節奏。

去海邊吧

踏著柔軟的沙灘，聽著海浪拍打岸邊的聲音，
思緒會飄到那些美好的日子，感受到無憂無慮的童年時光。

海邊於我，就像開啟一扇通往另一個世界的門。只要站在海邊，我便能夠完全放空，感受內心的寧靜和平和。面對浩瀚的海洋，意識到自身的渺小，這種感受使我更加謙卑並珍惜眼前的一切。

因此想放鬆時，我就會去海邊；想逃離忙碌的城市，就會去海邊。無論是颳風、晴天、雨天，我都喜歡到海邊走走、玩

耍、游泳、衝浪，享受海風和海浪帶來的美好。甚至強風吹襲之下也能讓我享受海浪聲音的療癒，像被催眠一樣，能忘掉現實的壓力。

台灣的海有種獨特的魅力，也讓我學會了如何享受生活和欣賞美麗。

讓我回想童年時光

台灣的海邊是我常去的地方。台灣是個海島，海岸線拉得很長，到處都有好看的海灘和海岸。有的海邊很原始、很自然，就像是上天給台灣的特別禮物，這種天然之美，人工真的比不上。

台灣有這麼美的海岸，應該更加珍惜和保護。但有些地方維護得不夠，海灘髒亂，環境也被汙染了，那樣的海岸再美也會失去魅力，真的很可惜！

我最喜歡宜蘭頭城、外澳海邊，那裡的美景真的會讓人紓壓，忘記現實煩惱。

台灣的海邊真美，我經常告訴朋友要大膽地去享受。如果因為害怕而放棄，就會錯過許多自然美景和生活樂趣的機會。有時候，多一點勇氣去冒險，你會發現大自然的神祕和美麗。

然而，台灣老一輩對海邊有著奇怪的想法，譬如說有鬼、有禁忌，讓人不敢去海邊。或許和民俗有關，但如果只懂大自然的危險，而不去嘗試新事物，就無法找到意想不到的感動。就好像登山，如果不敢挑戰，就看不到高山的美景；不敢面對大浪，就會錯過衝浪的樂趣。

海也是一個能讓人回想起童年的地方。踏著柔軟的沙灘，聽著海浪拍打岸邊的聲音，思緒會飄到那些美好的日子，感受到無憂無慮的童年時光。

創造專屬的儀式感

在家點燃兩根蠟燭，會讓人產生舒服安心感。蠟燭本身擁有獨特的魅力，隨手點上幾根蠟燭，可以改變空間的氛圍，蠟燭讓家產生光的美感和幸福。

品味可以後天學習，品味也可以在日常培養。品味改變我們的氣質，品味也可以來自你專屬的儀式感。

像是使用蠟燭。

蠟燭不只有照明功能，也可以在不同環境擔任不同角色。台灣似乎只在特別的場合中使用蠟燭。但蠟燭不只有裝飾用途，善用蠟燭也會為環境帶來不同的氣氛。

緩慢時間的魔法

在家點燃兩根蠟燭，會讓人產生舒服安心感。蠟燭本身擁有獨特的魅力，隨手點上幾根蠟燭，可以改變空間的氛圍，蠟燭讓家產生光的美感和幸福。

蠟燭燃燒的過程，也是時間的詮釋。點亮蠟燭，時間彷彿被拉長，緩緩流動，在放慢的生活節奏中，重新調適心靈，讓你沉浸於當下。

所以，蠟燭不是單純的物件，它具有塑造環境和增加生活質感的功能。

蠟燭是我生活中不可缺少的療癒小物。蠟燭的光芒很像點亮心靈的光，每到深夜時分，當我疲憊地回到家時，一根蠟燭便能使我紛擾的思緒得以平息。那些光影，柔和的香氣，總能讓我得到慰藉。

蠟燭的魅力不限於夜晚。早晨醒來，喝著咖啡時，我也會點一根蠟燭，靜靜地看著蠟燭逐漸熔化，雖然只是一個簡短的過程，卻讓我一天的開始有了活力。

蠟燭也可以用在下午茶、浪漫時刻等等。漸漸地，你會發現蠟燭可以讓生活變得更美好。在家的時候，我會為不同的空間風格，挑選不同的蠟燭和香氣。這樣不僅有點綴的效果，也能創造不同的愉悅感。

日常的幸福小事對我來說很重要。就算有了孩子之後，個人時間變得更少，但每一天的早晨，我還是會準備簡單的早餐，一起和家人享用，像是煎蛋、烤麵包，配上牛奶和奶油。有時候晚上我們會刻意在沙發區一起吃火鍋、看電影。當然在這些時刻，我也會點上蠟燭。

好好使用蠟燭，可以讓生活空間變得浪漫，也可以讓生活更值得品味。

愛的溫度

手作是誠摯的心意，手作可以觸動人心，
手作也為世上帶來獨一無二的作品。

每當特殊的日子，我總會想親手製作禮物送給身邊的人；那些看似平凡的禮物，不僅是我對「愛」有形的表達，也是內心情感的具體象徵。

我喜歡手作。

我喜歡為了手作禮物花上時間與心力。我很享受手作的創作時光。小時候我曾在母親節時，自己縫製手提袋或包包送給媽媽，雖然看起來是樸素單純的禮物，但更可以傳達我心中的感謝。

手作有著百貨商場沒有的特殊溫度。在法國，手作也被視為激發創造力和靈感的方法，同時也能增加生活樂趣。

觸動人心，獨一無二

我經常利用各種不同的素材來創作，從小就習慣從海邊撿拾木頭製作玩具，再用手繪來上色，也學習用不同的物件拼裝完成一件作品。嘗試用鹽和麵團捏塑容器，經過烘烤後成為擺放蠟燭或紙巾的器皿。即使在手頭不寬裕的情況下，手作卻讓禮物變得更有價值。

另外花卉植物也是很好的手作素材。自小因為受媽媽耳濡目染的影響，常常觀察媽媽去花園採集花朵，配上各種葉子，將它們巧妙地裝進不同的容器中，成為美化空間的手作花藝。即使沒有豪華的材料或複雜的技巧，卻讓各種花花草草變身為轉換空間氣氛的溫暖作品。

花除了可以在特殊節日使用，更可以活用於日常生活。我總習慣去一早的花市，慢慢挑選不同的花卉與植物，配合季節或當天的心情，找出使人喜悅的當日花。將這些花放在不同角落中，讓家有了新鮮感。

對我來說，空間中有花草植物，就好像是在下雨的日子裡，屋內突然有了陽光。

手作禮物不僅更有溫度，也有為人量身打造的獨家感。

就算是一張簡單手作的手寫卡片，也可能勝過價值不菲的名品。

手作是誠摯的心意，手作可以觸動人心，手作也為世上帶來獨一無二的作品。

深情的表達——關於浪漫

浪漫是有著個人化的獨特色彩。
不是模仿別人的浪漫，是懂得對方愛好之後的具體回饋。
浪漫應該帶來的是「驚喜」，而不是驚嚇。

參加台灣電視節目錄製時，曾和許多朋友討論「浪漫」的話題，發現許多人會將浪漫與金錢畫上等號，浪漫變成是一種「物質行為」，有時候「越貴越浪漫」變成表面的炫耀方式。

我覺得浪漫應該是一種深情的表達。我們每個人都可以用自己的浪漫，讓在乎的人感受我們對他的在乎。關於浪漫，我覺得應該有「用心投入」、「保持隱私」和「個人化」這三個條件。

無法模仿的祕密時刻

用心投入是與單純送昂貴的禮物或享用高檔晚餐不同的。用心投入的事要精心安排，因為投入了時間，這樣真誠的浪漫才會自然流露。

浪漫是需要保持隱私性的，是彼此才有的祕密時刻。不是一場對外的表演秀，是思考彼此需求後的情境創造。浪漫是有著個人化的獨特色彩。不是模仿別人的浪漫，是懂得對方愛好之後的具體回饋。假如對方喜歡音樂，就試著為對方特製一個音樂盒吧。

浪漫應該帶來的是「驚喜」，而不是驚嚇。

我一直很享受創造驚喜，特別擅長利用節慶裝飾、角色扮演和主題服裝，在不同場合中模仿各種角色或知名的脫口秀演員，逗得大家哈哈大笑。

我曾有一個放著不同服裝和道具的百寶箱，我很會利用百寶箱，在萬聖節時裝扮成搞笑的、恐怖的，給人不同情緒視覺效果的模樣！

感受愛與被愛

至於什麼是愛的驚喜呢？

理解對方的需要之後，好好為伴侶策劃一場愛的驚喜吧。

舉例我最近為伴侶策劃的生日派對。

懷孕的她，一直沒有太多機會與女性好友相聚，所以我用了睡衣主題，辦了一場生日派對。那一天，一群女生穿著睡衣，好像回到青春時光，毫無顧忌地聚在一起聊天慶生，「睡衣派對」成為她們難忘好玩的聚會。

大家都知道，我求婚時所花費的心思更是加倍的。無論設計場景、卡片和餐單等等，我在想每一個環節時，只想著如何讓對方感受到，她是多麼珍貴的存在。

浪漫可以是燭光晚餐，也可以是一起看著夜空，望著星星；浪漫是情感的加溫器，也是用心企劃的精心時刻，浪漫可以讓彼此感受到愛與被愛。

這就是我的浪漫。

打開愛與表達的大門

「愛之語」是每個人用來表達愛與關心的方式。對我而言，找到一個能夠用同樣的「愛之語」溝通的伴侶，更會讓我感到滿足和幸福。

閱讀是我成長、學習和反省的重要習慣。其中《愛之語》這本書，讓我學到不同人生階段有不同的幸福。我想在三十四歲當爸爸，就是受到《愛之語》的啟發。

不同的個性，不同的愛的語言

「愛之語」是指每個人表達愛的方式各有不同，書中分析指出，人應該有五種愛的語言，分別是肯定的言詞、精心時刻、身體接觸、服務和禮物這五種愛的語言。

我們都有其中幾種愛之語。了解自己與對方的愛之語，是很重要的，當我們無法理解對方的愛之語，就很容易產生誤解、衝突或失望。學校並未教導我們如何表達愛，許多人也因此在愛的路上感到迷失、困惑和不安。

有許多人因為沒有獲得愛而感覺孤獨；有些人在受傷的過程中心靈感到空虛。雖然彼此可能有相似的興趣，但心中還是有無法滿足彼此的感受。這都是因為我們的愛之語不同。

如果不試著理解對方需要的表達方式，可能會不斷陷入一種「我做了這麼多，他還是不快樂」的失望循環中。這種不了解彼此需要的模式會讓對方無法感受到愛，而你也一樣感受不到對方的愛。就像我的岳父不習慣把愛說出口，但他會一直寄水果當禮物來表達愛，或常常問我們吃飽沒，這就是他表達愛的方式，但我和太太可能因為不懂岳父的愛之語，而無法理解，也無法給予即時的回饋。理解彼此的愛之語可以成為建立良好關係的關鍵。

了解彼此的愛之語

我曾有一個交往三年的女友，雖然我們彼此相愛也有相似的興趣，但仍然有相處的問題。後來我讀了《愛之語》，才知道我們表達愛的方式影響我們的關係。我是在家人彼此擁抱的環境中長大的，家人習慣把愛說出口，所以我習慣在表達中能聽到愛的回饋。雖然我們可以一起旅行，也享受那些時光，但她卻很少表達對我的感受。於是我不斷想讓她更快樂，但也不斷在她不表達中產生失落感；現在，終於明白她只是不懂得用我需要的方式表達愛而已。

就像我曾經因為不會說中文而被誤解。當我說想要一杯「酒」時，服務生就會送上「紅酒」，而酒不會只有「紅酒」一個選項，但他看我是西方人，就先入為主為我準備了紅酒。溝通應該要先了解對方的需要，才有辦法滿足對方。

《愛之語》也讓我逐漸領悟到，即使我們的興趣一致，相處時也常感到歡樂，但關係卻無法持續的原因。就像我的父母，他們彼此相愛，卻一直無法好好相處。

「愛之語」是每個人用來表達愛與關心的方式。對我而言，找到一個能夠用同樣的「愛之語」溝通的伴侶，更會讓我感到滿足和幸福。能夠在感情中表達愛，並獲得對方的理解是多麼重要的過程。伴侶間應該多溝通，讓彼此的愛之語好好地被理解和接受。我也漸漸了解自己需要的伴侶條件，例如重視健康、喜歡運動、共同的家庭價值觀，還有理想中的外貌。

珍惜每一刻

至於哪種「愛之語」可以滿足我呢？喜歡的人雖然符合我的條件，若我們的愛之語相同，似乎會讓我更開心。

我的愛之語首要是：「肯定的語言」，我需要對方用鼓勵和肯定的話語，積極地傳遞愛與支持。再來則是「精心時刻」，我很需要兩個人有安靜相處深度對話的時間，這是創造美好回憶的重要成分。還有「身體接觸」也是我需要的愛之語。以上這幾種語言讓我了解，我的愛之語是關於表達溝通和身體親近。

透過實際的表達，我才能感受到被愛。假設我的伴侶不懂得稱讚我、肯定我，也不適時給我擁抱，我就感受不到被愛。這就是為什麼我會在那些前任關係中缺乏安全感。當然，我也希望交往的對象可以明確地說出她的看法與個人喜好，給我積極的回應，而不會讓我猜測。

我很擅長「精心時刻」。當我為她策劃一場派對或安排一次難忘的約會時，會希望她對我說「謝謝你做這一切」，這會讓我確信自己的付出獲得回應。

相處的時間如此珍貴，我們應該更加珍惜一起度過的每一刻。

幸運的是，我和伴侶擁有相同的愛之語。我用肯定的語言，她會更快樂；我常常擁抱她，她覺得被愛。我們不用猜測對方的愛之語，用最能滿足對方的表達方式感受被愛是如此自然。

相愛的關鍵

我們曾經長時間只是朋友的關係。雖然在她還是學生身分時我們就認識了，但她曾有一段時間移居到美國，我們是在一場朋友的生日派對中才再次相遇。與她正式交往四個月之後，我開始探究《愛之語》這本書，彼此也做了《愛之語》的測驗。想不到我們居然有相同的愛之語，這點讓我們更加懂得如何表達愛意滿足對方，而不用彼此猜測。

在過去的關係中，我常為了滿足對方付出很多努力。但由於不了解對方的愛之語，努力未必有用。不像我與現在的伴侶，因為有相同的愛之語，更容易讓對方確信你是被愛的。

這本書為我釐清理想伴侶的條件，也讓我更懂得如何在關係中做出有感的付出。

只要了解彼此的「愛之語」，便有機會改善你們之間愛的關係。更可以協助你找到滿足彼此感受的關鍵，而不再用自以為好的方式對待彼此了。

後記／愛，讓我勇敢翻開下一個篇章

這本書醞釀了三年——在這段時間裡，我不斷回憶、整理故事，並與出版社攜手合作，找出我生命中的哪些部分值得分享，或可為他人的人生，提供一些養分。

我們都有自己的人生故事。有些相互呼應，有些則截然不同。但我們都以自己的方式在面對生活——而且我相信，透過分享自己的生命道路，我們可以從彼此身上互相學習。

對我而言，書寫這本書的過程，是一種自我治療。這個行為，意味著透過挖掘過去，來更了解自己是一個怎麼樣的人。畢竟，我們是由過去的一切所塑造而成的——我們的童年、我們的成長歷程、我們得到過的愛、我們追逐過的夢想、我們承受過的質疑、我們從失敗中記取的教訓。我們聽過的每一句話、踏出的每一步，都留下了軌跡，悄無聲息地形塑了我們看待世界及生存其中的方式。

在過去的三年裡，隨著女兒的誕生，我翻開了新的人生篇章——也許是迄今為止最有意義的篇章。光是這個轉變，就足以寫成一本書了。但現在，我只想說：當你成為父母，生命會用最深刻的方式，教會你真正重要的事。

謙遜。耐心。不求回報地去愛。你會突然意識到，生活不再只關乎自己。

對我來說，成為父親這件事情，帶來了深刻的自我質疑，原先的那個自我也靜靜地消逝而去。但在混亂中出現了支柱，那就是無條件的愛。這份愛，讓每一次挑戰都變得值得。每一天，我都因為這份不可思議的生命禮物，而感受到祝福。

在照顧這個小生命時——盡我所能地教導她，給予她安全、愛和關懷——我不斷地提醒自己，我所傳遞給她的一切，都源於過往他人曾給予過我的。不過，無論我們付出了多少，我相信父母可能只影響了孩子未來成長的百分之三十。其餘的部分則源於內在——來自他們自己的心靈。

我們無法決定他們的人生，只能成為他們的支持與力量。無所不用其極地愛他們。用信任去鼓勵他們。為他們提供工具，讓他們走自己的路。

在寫這篇文章的時候，我在台灣已經待了快十五年了。這件事情聽起來依然很不真實——我從未想過自己會來到亞洲，從未想過自己會在這裡學習中文，或是建立起自己的生活。太不可思議了。

然而，台灣已經成為我的家。

這座小島，以我意想不到的方式塑造了我。它給予我空間，讓我得以表達自我、建立終生友誼、探索自己的創造力，最重要的是，還讓我建立了一個家庭。雖然我永遠都是個「外國人」，但台灣給了我歸屬感。

我仍然喜愛旅行、探索新的地方。但每次只要離開，都會感受到一股溫柔的吸引力——我好想家，我好想念台灣。

台灣有一種靜謐的魔力。幾個世紀以來，它一直吸引著人們，讓人們著迷於它的自然與活力。

許多外國人，就像我一樣，只打算來幾個月……卻待了更久，也許是永遠。

透過這本書，你可能已經感受到，自由對我來說有多麼重要。而從來到這裡的第一天開始，台灣就賦予了我這樣的自由。

首先，是安全感——從來都不需要擔心自己的財物，從來都不需要提防他人。

然後，人與人之間的溫柔與善意——那些能讓生命變得更為柔軟的，細微而日常的溫柔。

當然，還有這座島嶼的原始之美：平靜的海洋、荒野的群山、茂盛的森林。

我經常提醒自己，不要把這一切視為理所當然。

也許這就是最重要的一堂課：

我們永遠無法真正地知道，人生的下一個篇章，會為自己帶來些什麼。

有時候，這一切只需要一個大膽的決定——跨出我們的舒適圈，跨越自我的邊界，對未知說「我願意」。

而在縱身一躍之後，你會發現，美好的事物，甚至奇蹟般的事物——就在那裡，等待著我們的到來。

（譯者／朱浩一）

- 你最後一次主動冒險是什麼時候？那個經驗讓你學到什麼？

……………………………………………………………………………………

……………………………………………………………………………………

- 哪個空間讓你最放鬆？你如何讓日常空間更有秩序與美感？

……………………………………………………………………………………

……………………………………………………………………………………

- 你曾經在哪個地方感受到屬於自己的生活節奏？

……………………………………………………………………………………

……………………………………………………………………………………

- 你覺得自己的風格是什麼？你想如何打造自己的生活態度？

……………………………………………………………………………………

……………………………………………………………………………………

- 今天讓你感到美好的生活小事？

……………………………………………………………………………………

……………………………………………………………………………………

創造屬於你的幸福時光

這一頁，留給你。
在讀完本書後，也許你也可以與自己做一場對話。
想一想，關於自己的幸福時光。

- 有沒有哪一個家庭記憶或儀式，讓你現在會時常懷念？

....

....

- 如果舉辦一場家庭 Party，你想怎麼做？

....

....

- 是否想要挑戰一下你的舒適圈？

....

....

美麗田 182

那些幸福時光
法比歐的日常品味與探索

填回函雙重禮
①立即送購書優惠券
②抽獎小禮物

作　者｜法比歐
文字協力｜田湘如／金文蕙／莊培園

出　版　者｜大田出版有限公司
台北市一〇四四五 中山北路二段二十六巷二號二樓
E-mail｜titan@morningstar.com.tw http：//www.titan3.com.tw
編輯部專線｜（02）2562-1383 傳真：（02）2581-8761

總　編　輯｜莊培園
副總編輯｜蔡鳳儀
行銷企劃｜李宥萱／林妤庭／張釆軒
校　對｜黃薇霓／黃素芬
美術設計｜王瓊瑤

初　刷｜二〇二五年六月一日 定價：三九九元

網路書店｜http://www.morningstar.com.tw
購書 E-mail｜service@morningstar.com.tw
郵政劃撥｜15060393（知己圖書股份有限公司）
印　刷｜上好印刷股份有限公司
國際書碼｜978-986-179-945-2 CIP：855/114003955

國家圖書館出版品預行編目資料

那些幸福時光：法比歐的日常品味與探索 法比歐 著 -- 出版 -- 臺北市：大田，2025.6
面； 公分. --（美麗田182）
ISBN 978-986-179-945-2（平裝）
855 114003955

製作協力・藝人經紀：晨邦國際有限公司